一个人的阿克苏

青青 著

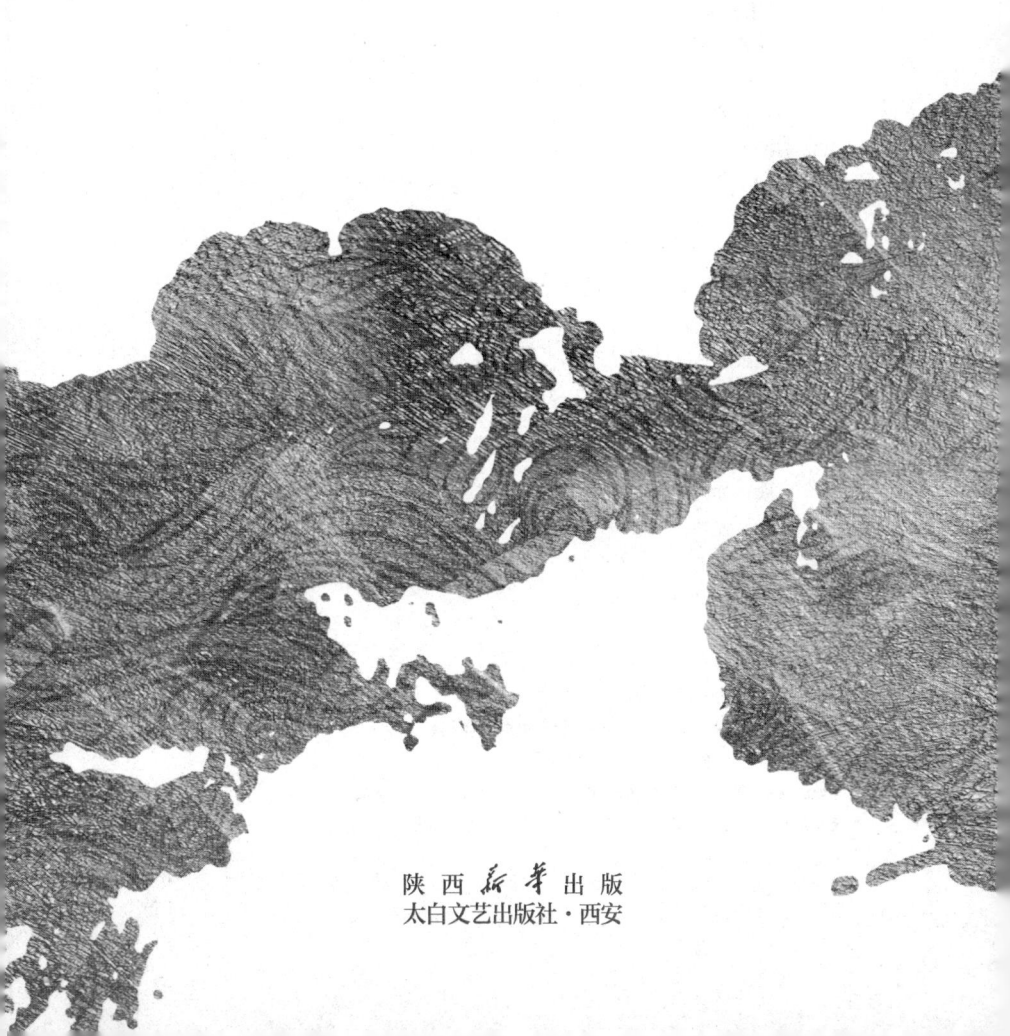

陕西新华出版
太白文艺出版社·西安

图书在版编目（CIP）数据

一个人的阿克苏 / 青青著. -- 西安：太白文艺出版社，2023.9
　　ISBN 978-7-5513-2367-3

Ⅰ. ①一… Ⅱ. ①青… Ⅲ. ①诗集－中国－当代 Ⅳ. ①I227

中国国家版本馆CIP数据核字(2023)第164642号

一个人的阿克苏
YI GE REN DE AKESU

作　　者	青　青
责任编辑	赵甲思
策　　划	马泽平
封面设计	寻　觅
版式设计	建明文化
出版发行	太白文艺出版社
经　　销	新华书店
印　　刷	玖龙（天津）印刷有限公司
开　　本	880mm×1230mm　1/32
字　　数	85千字
印　　张	8.125
版　　次	2023年9月第1版
印　　次	2023年9月第1次印刷
书　　号	ISBN 978-7-5513-2367-3
定　　价	48.00元

版权所有　翻印必究
如有印装质量问题，可寄出版社印制部调换
联系电话：029-81206800
出版社地址：西安市曲江新区登高路1388号（邮编：710061）
营销中心电话：029-87277748　029-87217872

代序

美好的诗

琳子

青青诗歌写得不错,她是个始终把诗歌当业余爱好的人。这种状态有一个很大的特点,就是能始终保持自身和诗歌的距离。她对诗歌的感情是不痴迷不背弃,需要的时候一个猛子扎进去扑腾两下,没等被呛着就跃出水面,继续玩别的。她不清楚什么是主流,也不去分析和追随。她不痴迷于名家,也不研究学术派系,在诗歌领域她始终懵懂无知。所以她写起诗来不使用所谓的经验,她是一个没有诗歌写作痛苦和焦虑的人——这种状态很难得。我们很多写诗的越写越接近深渊和绝境,不但很快把自己写成知识分子,还会咬紧牙关写成研究专家、比较学家。这样的诗歌老手越写越艰难,他要考虑很多技巧和思想,忌讳和顾虑等杂念时刻缠绕,下笔之前就已经进入、徘徊、审视无数次了,自我雕琢的痕迹越来越重,这样写诗让我恐惧。而青青始终是一个轻松、快乐的人,散文、随笔、传记,她什么都写。行走,吃吃喝喝,收拾花花草草。她觉得自己这个时刻有灵感马上就拿起笔去表达,去体验,呼啦啦大写一通过把瘾,然后立马打住。所以,她的诗自然别有一种格调。

其实我提倡一种简单的写作——放下负担,关注内心,用直接、真诚、自由、通灵的情感和语言,去接近事物本身。

行走是一种沟通和拓展,也是一种接纳和融合。青青是一个喜欢奔走的人,她喜欢自然山水,也喜欢人文遗迹,更喜欢生命历程中的那种燃烧和种植。所以,她把自己的能量,给了脚下繁茂的大地,全身心地投入,用好奇的眼睛去看,用滚烫的手掌去抚摸,用悲悯的心去歌唱。比如走进新疆,她瞬间被这里的敞亮和厚重深深打动,禁不住欢呼雀跃,激情澎湃。她匍匐,抓一把沙子紧紧攥在手心,去摩挲,去亲吻,感受沙子的神性和奇特。她看到了沙漠中久远的战争与和平,看到了英雄与王,她和他们紧紧拥抱在一起。她走进阿克苏就像走进一处幻想之地、理想之境，禁不住张开双臂，歌之舞之，表达了自我，也感染了读者。其诗歌恢宏大气，读来令人荡气回肠，带着迷人的气息。

　　诗歌首先是美好的，甚至是无限美好的。所以，写诗其实就是在表达美好，是和美好发生关系，和它纠缠，互动；是钻到美好事物的内部，把它滚动的、流淌的、旋转的内核扒出来，放在自己的手上，自己的额头、鼻尖和唇上，去亲近；是在美好事物的周边发现那些光芒、露珠和土壤。青青的诗歌里到处是这些美好的东西，她努力把自己变成这些美好的一部分，变成花花草草的一部分，变成土壤和水分的一部分，变成羽毛的一部分。尤其是，她更喜欢那种持久的生长和结果。

　　毫无疑问，美好的诗源于诗人内心的美好；读美好的诗会获取美德。

　　琳子，诗画家，其画作入选多个画展。北京上苑艺术馆驻馆艺术家，上海宝龙艺悦酒店驻地艺术家，上海灰墙艺术画廊签约艺术家。

自序

向　西

青青

　　我头发卷曲，眼睛很大，瞳仁是褐色的，年轻时颧骨有点高，瘦削，不少人说我像新疆人，男朋友说我一定是西域三十六国人的后裔，这些戏言，让我对新疆生出说不出的亲近感。

　　检视半生，与西有缘。我研究生就读于兰州大学，女儿叫西歌，先生曾经被派往库尔勒工作两年。年轻时，有人算命，说我命里缺金，金对应西方。一次又一次坐着火车向西，向西，是不是在弥补命里缺少的金？

　　前年冬天，我与几位诗人抵达阿克苏，也曾是汉代西域三十六国中最大的城邦——龟兹[①]。库车的苏巴什佛寺遗址，周围是连绵起伏的却勒塔格山、浩浩荡荡的

[①] 龟兹：古代西域国名，在今新疆库车一带。

戈壁滩,还有满河碎石的库车河,身在其中我有一种迷离、恍惚之感,好像一直生活在其中。苏巴什佛寺倾颓的宫殿,我在梦里曾见过许多次;那满身是刺、开淡紫色花、荚果能随风发出声响的铃铛刺,我也很熟识。一切都像是在梦里。不远处的高塔上,那年轻、高大的身影就是玄奘,他早我一千多年来到这里。在他眼里,那时的龟兹"管弦伎乐,特善诸国……伽蓝百余所,僧徒五千余人",那时的苏巴什佛寺"佛像装饰,殆越人工……或有斋日,照烛光明",因大雪封山,玄奘只得住了下来,在苏巴什佛寺讲经说法两个多月。这也是龟兹高僧、佛经翻译家鸠摩罗什皈依的寺院,他多次在此开坛讲经。两位高僧隔着时空相遇,脚印相叠,精神互通。实属神迹。

与有些地方和有些人,总有些神秘的缘分,你会一去再去,见了又见。你逛了温宿的大巴扎,你吃了那里的手抓饭和馕,你沿着多浪河跑步,你捡了塔里木河边的花石头,你听了老艺人弹奏的木卡姆、看了姑娘们跳的麦西热甫、仰望了被朝霞映成粉红色的托木尔雪峰,你的身体已经与这块土地有了神秘的联结。如果在深夜仔细听,你能听到塔里木河那宽阔自由的河水在你的血管里汩汩流淌，听到塔格拉克村外草原上老鹳草嘻嘻的笑声……

辛丑初冬、壬寅夏、癸卯夏，三去阿克苏。多浪河边的杨柳已与我熟识，跑步时喊它们的名字，它们听到会细细地答应；那些在水面上飞舞的燕子也冲我打了招呼；鱼儿甚至从水面上跳起来欢迎我；塔格拉克草原上那匹英俊温和的白马，看见我就倒腾起了蹄子……

我能做些什么呢？阿克苏总让我有点羞惭。街上的维吾尔族女孩，个子高挑，剑眉星目，如同画中人儿；柯柯牙苹果园里的苹果树，总在霜冻前捧出红彤彤、香甜甜的大苹果；杏园里杏树上的小白杏，凝聚了戈壁上阳光的味道。我长得不好看，甚至不能结出一个好吃的果实，我只能掂起笔，写下诗行。

时间仓促，诗写得粗陋浅白，亦不能抒我内心之万一。在阿克苏文联的支持下，写下这些诗，同过往写下的一部分诗，一并结集成册。

向西能带来好运。在此一并感谢。

目 录

第一辑 一个人的天山，一个人的龟兹

003　天　山

007　塔里木河

012　塔里木盆地

015　凿　空

019　一个人的龟兹

024　玄奘西域记

035　阿克苏的骆宾王

038　岑参的轮台

040　王维塞上

041　高适听笛

042　王之涣的孤城

044　王昌龄从军行

046　王翰醉酒

048　李益夜行

049　卢纶追击

第二辑

阿克苏，
真正的一天是这样开始的

053　阿克苏，真正的一天是这样开始的

055　阿克苏落日

056　米吉提·海利力的热瓦普

058　克孜尔石窟

060　昭怙厘大寺

064　在阿克苏，我感觉地球是圆的

066　柯柯牙

068　音干圣泉

070　音干古村

072　温宿县大巴扎一瞥

073　葡萄干

074　羊

075　听吉利力读诗

076　冰糖心苹果

078　库车大峡谷

080　托木尔峰

082　在阿克苏

084　棉花田

085　在托木尔峰下喝茶

086　独　活

087　在多浪河边跑步

089　月亮湾

090　哈德墩大桥

092　千年胡杨王

093　奥普坎村

094　漂流瓶

096　捡石头

第三辑 天山上的月亮更孤独一些

- 101 塔格拉克村
- 102 早晨的托木尔峰
- 103 在巴音布鲁克草原
- 107 天山神秘大峡谷
- 109 齐兰古城
- 111 胡杨林
- 112 慕萨莱思
- 113 刀郎木卡姆
- 115 王明珠
- 118 明月都住在天山里
- 120 深夜翻越天山
- 121 司马义·依布拉音饭馆
- 122 馕
- 124 观音山
- 126 古莱夏
- 128 进乌鲁木齐时大雪
- 130 新疆诗人艾斯卡尔

132　大佛身上落雪了

133　在新疆看月亮

134　不　同

第四辑　再没有事物可以伤害我了

137　发　现

139　再没有事物可以伤害我了

141　良　夜

142　夜游胡同

143　后地村

145　晚　雪

146　消　散

148　漠河之夜

149　突然有雨的冬夜

150　如果你也在倾听雨声

151　回水云居

152　采矿人

154　柿　子

155　金兰湖的黄昏

156　灯　盏

157　寒露前开的桂花

160　情人节

161　七夕，我骑着驴子去看你

163　闪电在窗户上一次次亮起

164　你就藏在我的身体里

165　如果我思念你

166　六月的最后一天

167　我更爱植物了

168　倒　影

169　青山掉进墨汁一样的夜色里

171　走在黑暗里

172　当我和你在一起

174　空

175　机　场

176　祖母睡在棉花地里

178　油菜花上的露珠高过泪水

179　来到你的坟前

180　接受采访的母亲

181　坟　墓

182　饿

184　我又重新失去了你

185　死亡能带走你吗

第五辑　离神仙更近一些的事物

189　山　花

190　进　山

191　山　巅

192　山神庙

193　猫

194　蜜　蜂

195　我和猫看闪电

196　丝瓜救了丝瓜

197　想

198　故乡的味道
199　一个人躺在黄昏
200　春　山
201　日　出
203　俯身向一朵花
204　风和雪
205　一枚石榴救了我
206　躺在月亮下的人
207　我遇见我自己
209　苹果花谣
211　原　谅
212　坐　禅
213　风　声
214　山　泉
215　绣球花
216　所有的事物都在闪光
217　去寺院看花
219　在这首诗里我又抚摸到了它们
220　我是那个永远等待圆满的人

221		夏天的铠甲已经开裂脱落
222		蝉声像雨一样灌满我的身体
223		看见新月轰鸣着坠落
225		夏雨使大地抬高三尺
226		乌崭的茶
228		玉兰花
229		春天的身体是巨大的鸟巢
230		我接过秋天忘记的桂花
231		把幸福放在微小的桂花上
232		草　色
233		小　满
234		以此封缄
235		空　山

237		与散文一起蓬勃生长的诗人

第一辑

一个人的天山,一个人的龟兹

天　山

我是巨龙，大蟒

盘踞在中国的新疆以及更广大的地方

我是终年头戴银冠的王

有人说山里住着主宰万物的天神

我起身

雪雾弥漫，冰川巨响

西王母的马车上坐满了十方神圣

腾起的云朵引领着众神

我随时拉紧手里的缰绳

让众神与大地保持着恰当的距离

那些赶着羊群的牧人

那些骑着骠马飞奔传递军令的人

那些因为缺水伸长脖子朝着雪山的人

神爱他们每一个人

我是父

我是魔龙

我的一只足踏出塔里木盆地

另一只足踏出准噶尔盆地

我张大嘴巴向南吐出塔克拉玛干沙漠

向北吐出古尔班通古特沙漠

九万里长风吹出的柔和的曲线

九万里长风吹出的灼热的沙砾

我的鼻孔里喷出白云

喷出万古长空，还有

雪豹、棕熊、马鹿、盘羊、金雕、胡兀鹫

它们的叫声就是我的呼吸声

冬季天山银光闪闪

请悄悄地

不要大声叫喊

会引出暴龙，现代人叫雪崩

重力带动积雪

以闪电一般的速度

推开巨石、朽木和野兽的遗骸

向着山谷奔涌

你不可阻挡我的脚步

我是力，是美，是圣灵

我赞美人类，更赞美那些奔跑的雪豹和自由的棕熊
还有那些掉了耳朵的小兽、瘸腿的岩羊
我热爱烘烤我的沙漠，还有等待我的河流
那些男孩子一样的河流在我身上滚动着，奔向盆地
奔向人类和绿洲
我热爱大千世界和生活在其中的人类，甚至菌子和
　昆虫
众生平等，众生共生
我是万物轮回中的一环
赐予西域清泉、草原、山谷和河流
我是扭曲的巨石、消融的冰川、穿梭的马群、回荡
　的风
我满身宝石，挽弓射月，手摘星辰
我是汉代和隋朝皇帝无数次梦到的玉石之山
是西王母和周天子相约再会的高峰
我爱所有，一夜白头
我惦念更远的远方和更广大的人群
我是白山、雪山，唐代的人喊我折罗漫山
我是父
我答应过你们

要爱，以恒久之心

以托木尔峰、喀拉峻山、库尔德宁、巴音布鲁克草原、
　博格达峰上的积雪爱你们

以塔里木河、伊犁河、乌鲁木齐河的流水来清洗你们

以冰川、积雪、荒漠、草甸来磨炼你们

我说过最终我们合为一体

和光同尘

世界将重新诞生

塔里木河

一身冰冷,一身寒气,一身银色的蓑衣
奔下帕米尔高原、喀喇昆仑山和天山高峰
蓝色冰川赋予你孤独清冷的气质
你没有通江达海的理想
只是沿着巨大的塔克拉玛干沙漠奔涌

追随你,我在河流上遇到比天山更高的天空
天山深处住满了白色精灵
你的处子之身是那样纯洁活泼
并不明白此生的命运
你带着雷霆、闪电、暴雪和远方的经卷
神祇已经上路
风雷也上路,雪豹在远方的山峰上徘徊
每一条河流都是孤独的
更多的支流,更多的野兽和神灵
只要不停下
就会成群地奔向你

满身银色的箭镞,满身高原的星光熠熠

你劈开昆仑山如铁的岩壁

在被月光照耀得雪白的山石上拨动琴弦

深夜琴声涩滞,你天真地睡了过去

河流呵,带走高远的星宿

携带高原上自古就回荡着的光芒、空无、幻象和
　　真理

塔克拉玛干沙漠铺开金黄的经卷

等待着你带着宇宙间的神秘、清凉、湿润和庇护

塔里木盆地展开葡萄园、苹果园和一万亩的绿洲

等待你的香草、流水、环佩鸣响、玉带飘扬

追随你,我来到流动不息的沙漠

在一粒沙子里倾听大荒

浩瀚的沙漠下有一座地下城市

我听到那些古老的城池里有车马声和人的呼喊

尘土飞扬里远方总有兵马在奔驰

胡杨、胡颓子、骆驼刺、蒺藜和柽柳

也在列队奔驰

沙漠沉默着,没有一声回答

也没有一盏灯火

曾经有过最猛烈的洪水

有过最繁华的城郭

现在都掩埋在起伏的黄沙之下

这是被流水聚集起来的胡杨林

河流开始在绿叶与枝条上驻足

沙雅的胡杨抱着胡杨

湖水出现了，大鱼露出了脊背

野芦苇被举出水面，河流在降低

僧侣们的梵语被流水一再吟唱

神灵的车辇上装饰着金黄的香囊

一千面金黄的战鼓被风擂响

头戴王冠的王走在猎猎西风里

火焰在燃烧，从水面烧向更远的地方

梦里唯一的大船，鹿角上飘扬着经幡

辉煌的灵魂里有巨大的宁静

跟随你，接纳了一百一十四条河流

你披着星辰一路向着荒野

谁说你是叛逆任性的河流呵

谁说你是一匹脱缰的野马

你小心地绕过果园、牧羊的姑娘、顶着奶罐的妇人

甚至绕过那无数坟茔

在经过庄稼地和果园时,只掀起细小的波浪

草木凋零,你也会仁慈地点起风灯

把不多的雨水倾洒

父亲已经远行,母亲苍老的脸上

满是悲苦与忧伤

你垂头不语,我还在向上游张望

那些被河水滋养过的人

那些被烽火与战争折磨过的人

被沙尘暴袭击过的人

被夏日烈焰烧灼过的人

珍惜你送来的每一滴水

走过两千里长路

你从沙漠进入博斯腾湖,碧波如镜,水鸟如云

孔雀河蓝色的长发柔媚清纯

劝说你留下来的王喋喋不休

甚至带走了你的水瓮和琴

神谕在水波上流转,黑天鹅发出鸣叫

不不不,必须出发

那是站在冰川上的神灵万古不变的指引

那是荒野发出的深沉的召唤

罗布泊或者台特玛湖

用一只耳朵在那里倾听

你满是星光的水流已经有点疲倦

像长途赶场的羊群回到草原

闪闪的银光已经暗淡

湖面张开蓝色的嘴巴

你消失,回归大荒

就像人最终回到土地

塔里木盆地

一只眼睛，金黄的瞳孔

绿色的睫毛

在中国的西部，明亮地闪耀

它看到了什么

王朝的更迭、战争的杀戮、人世的沧桑

更高的眉骨上，雪白的眉毛，直刺天穹

那是昆仑、天山和葱岭的冰川

在为盆地的生物命名

塔里木河

用汲来的雪水与清泉

制造出一个个吐出甘露与果园的绿洲

让马背上坐上牧人

羊群跑满草原

蒙古包像白莲花一样绽放

让柽柳吐出粉红花穗

胡杨擎起金黄大旗

乳酪甘甜，奶茶飘香

一只金碗，闪闪发光的金碗

四面高峰并立形成了这豪华的金碗

冰川潺潺流下的雪水清澈这金碗

沙漠金沙弥漫这海市蜃楼般的塔克拉玛干

胡杨用更多的金黄明亮这金碗

千万的新疆百姓端起这金碗

无数的生灵感恩这金碗

金碗里埋藏着闪光的矿石

还有乌黑的石油

那是寒武纪至奥陶纪的印记

还有比北美五大湖多十倍的地下水

正在幽深处汹涌

也许在抢夺淡水的未来

这些封闭在沙漠里的雪水

可以救人类的命

"塔里木"

维吾尔语中即河流汇集之地

这里曾经有一百一十四条河流纵横

雪白的棉田、库尔勒的香梨、库车的白杏

阿图什的无花果、叶城的石榴、和田的红葡萄
都有着塔里木的甘甜
穿着纯棉衫吃着香梨的人呀
你们身上也有新疆的甘甜

凿　空

一具肉体如何战胜石头
一双鞋子如何战胜万里长风
那条著名的丝绸之路
如何从长安延伸至中亚大陆
这一切要从一个关中青年的冲动说起
张骞，二十七岁的好年龄
带上皇帝"联合大月氏，共击匈奴，断其右臂"
　的嘱托
一百多个汉人策马扬鞭，一路飞尘

太史公在书里感叹：张骞凿空
中国人一读到这里
就要叹息了
关于生命力的极限，关于对国家的忠诚
葡萄酒、苜蓿、汗血宝马
以及河西走廊、丝绸之路
是的，这些都是你用脚步与意志丈量出来的

这里有你的体温

你被扣押在匈奴十三年
娶妻生子
但你的眼睛与头脑还在工作
暗夜里,库木塔格沙漠里的沙雕
眼睛和你的一样炯炯
所到之处,所看之景,地形方位
道路、物产、河流
铭记在心
大宛国人嗜酒马嗜苜蓿
你专门讨要果实
后在中原种植
大月氏女王对现世的生活满意
水草丰美,有歌伎,有马匹
对于联合抗击匈奴失去兴趣

去时青春激昂,归来胡长发乱
皇帝几乎不相信自己的眼睛
疑心你是出没的鬼魂

你举起出征时皇帝授予的"汉节"
汉武帝才流下热泪
封你为博望侯

太史公在书里感叹:"张骞凿空,其后使往者
　皆称博望侯。"
中原人都会眼望南阳盆地
"为人强力,宽大信人"是你传下的基因
"博望侯"成为专有名词
汉使们纷纷挂在嘴边
而那些雄健、有血性的西域人
一听到博望侯就会笑逐颜开,奉上热茶
于是武威、张掖、酒泉、敦煌河西四郡设立
细君公主和解忧公主嫁入乌孙
西汉的疆域向西向西
胡麻、核桃、芫荽、黄瓜、安石榴、红蓝花
带着西域特有的香味
流向中原的厚土
吃到核桃与安石榴的人
能不能从果仁里听到博望侯的笑声

凿空

以一人之力打开西北缺口

一阵自由的风涌入

马匹、茶叶、瓷器、丝绸、象牙、香料、美酒

像一条无尽的大河

从你开始汹涌

一个人的龟兹

我就是那个龟兹王子

我就是那个被经卷星辰、风暴黄沙养育的人

父亲从印度高原抵达南疆盆地

娶了龟兹耆婆公主

前世我是舍利弗①

在菩提迦耶②的莲座上我是不灭的灯盏

梦里我一直说着梵文的经卷

在天竺的灵山上

我聆听过佛祖不倦的讲经声

现在我已经七岁

跟随母亲入了昭怙厘大寺③

城门外的七尺大佛

---

① 舍利弗：佛陀十大弟子之一，以智慧第一著称。
② 菩提迦耶：佛祖释迦牟尼悟道之处，也是佛教信徒心目中最神圣的地方。
③ 昭怙厘大寺：伯希和认为，苏巴什佛寺遗址即为《大唐西域记》中记载的东西昭怙厘二伽蓝，现在大多数学者赞同这一意见。

圣殿里缭绕的梵音,都是那样熟悉
那样亲近
当高僧微笑着剃掉我的头发
我幸福地流下了眼泪
我听到远远的草原上缥缈的声音
像是流水,也像是七字真言中的"嗡"

月氏山上云朵真大呀
好像月氏山一会儿就会跟着白云走动
我的母亲,那位美丽而坚定的佛弟子
她深知自己的使命
儿子天赋异禀,半岁说话
五岁时捧读各种经书,过目成诵
对所有玩具视而不见
独钟情于佛经
母亲带我在西域诸国游历
遍访高僧,深究佛理
在月氏山的山谷里见到一位隐居的高僧
他见到我,深深鞠躬:
"这孩子将去东方,大兴佛法利益众生。"

疏勒国有一座大寺

群鹰如同乌云一般笼罩了寺院后的山峰

它们啁啁地叫着

飞向更远的东方

我站在山坡向东望去，一片苍茫

更远的远方还有什么事物在等着我呢

这一切如此神奇

让我觉得活着的每一天都像是劫后新生

寺院的殿门外有个大铁钵

像大黑帽子一样好玩

我蹲下用了很大力气将它拱起

我竟然站了起来

半个身子都藏在铁钵里，世界变小了

我顶着铁钵摇摇晃晃地向前

我要让母亲看看我多么能干

这时我突然想，这么大的铁钵为什么有些轻呢

突然，这铁钵变得像座小山

我身子一歪，铁钵哐当掉在地上

母亲闻声赶来

吃惊地看着我

"母亲,我心有分别,铁钵就有了轻重,

可见佛法说境由心造,真实不虚。"

后来,母亲要回天竺隐修

母子在昭怙厘大寺门口分别

怎样不陷入悲伤

如何超脱儿女情长

如何从自我中飞离

关注无穷众生

把自己投入群峰的呼吸中

开悟是最重要的问题

而非爱与离别。我看着母亲的背影在想

母亲头也不回

她让我步履不停,向东向东

她嘱我不要想念,要想就想想更远的远方和更多
的众生

"各自修行,各自成就"

命运已经安排好了

我只有等待

现在我只有二十岁

生命的历程还漫长

我且埋头学习大乘佛法

"万法皆空"的含义如海洋一般深邃

我的小乘经师盘头达多有一天从罽宾国来看我

"这世界处处是有,为什么你说万法皆空呢?"

"大乘是究竟,无来无去,度人脱苦,佛经三藏,

   如大海一般……"

最后我和法师握手言和

他也信受了大乘

我说我在等待四十二岁到来

那时我会起身东行

如果我等待的他此刻到来,我会怎么办

今晨寺院下起了大雪

世界的原初,如此洁净美丽

没有一丝痕迹

啊,我们降生在这世上,得到佛投来的一眼

也要感谢上苍

玄奘西域记

一

洛阳向东

平原上的村庄

一条大河万古奔涌

把自己送向更加广阔的空茫

一位母亲做了一个梦

梦见一男儿身着白衣,骑着白马

乘风西行

……

公元六〇二年,一个男孩出生在缑氏镇

邙岭侧耳聆听

大河里星光闪烁,宛如巨大莲花绽放

你是佛祖在许多年前选定的人

是菩萨派来的人

你的第一声哭像是一声唱诵

在所有吟唱之前

你是中原众多圣灵的儿子

要去点亮佛理

将要经历磨难,享受荣光

二

你来了

净土寺等了你十三年

大雄宝殿里佛祖的面容突然被阳光照亮

你来了

嵩山亿万年的流水冲刷过的石头

在风里滚动

你来了

携带着印度高原上强烈的光线、宇宙间的幻境、

  前世圣贤们的经卷,还有空与无

你低下头

邙山上的林木一阵震动

你的头发落下

洛河河滩上所有的鱼都涌向岸边

从此你步入空门

圣人在圣人之上诞生

三

大海波涛汹涌

宝山放出万丈光芒

石莲花开在波涛之上

你于梦中跃升,山却峻峭不可攀

突然间你身轻如燕

飘至山巅

梦醒,你决意西行求法

带着马匹、包袱、经书和一颗坚如磐石的心

你和灾民一道偷偷出了长安

大风和落叶一起飘散

一千面战鼓在古道上擂响

你仓皇却又勇敢地过秦州至金城

过凉州至敦煌

河西走廊上的车辚辚作响

菩萨一次又一次现身

护卫你出关城过烽燧

乘着秋风一次次逃过追捕

在广漠的西部

你在身体里构筑了一座寺院

四

沙漠像巨大的虚无

每一粒沙子都在噬咬阳光

八百里莫贺延碛

像满身火焰的恶魔

菩萨的眼睛转暗

金黄的宫殿在震颤

枣红马驮着你走向亘古的荒凉

狂风追赶着沙漠,所有事物都流动起来

一个人与一匹马被风沙牵引

你的水囊被划破,方向也被沙子掩埋

你听到死亡咻咻的鼻息

你朝回路走了一段,又掉转马头

宁可西行而死,决不东归一步

风声变得越来越空

你倒在沙漠里，直到被深夜的冷风吹醒

月亮慈祥地凝视着这片死亡沙海

突然马儿拉住你的衣袂，向一个低洼处跑去

星光映照着沙漠里的一个池塘

青草的气息在水面上回荡

你倒向池塘，如一头小兽一样狂饮

肉体开始苏醒

泪流不止

菩萨引导着你，护佑你

你倾听着梵音

体会着重生的狂喜

身穿白袍的观音挥动柳枝

十方圣灵

皆在月光下为这个内心坚定的人唱经

清晨再次降临

五

命运的另一副面孔

美食环绕，国王与大臣膜拜

就在你九死一生之后

马啃着丰美的青草，高昌城一片欢呼

高昌王麹文泰执意挽留，奉为国师

你不为所动，一心西行

"虽葱山可转，此意无移"

最后绝食三日，气息渐弱

心如铁石，国王认输，"任法师西行，乞垂早食"

最后送黄金百两、银钱三万、马三十匹

又给西域二十四国各修书一封，附上大绫作为信物

"愿可汗怜师如怜奴"

二人结拜成兄弟

长亭短亭

如送亲子，如送父兄

在戈壁上开启了最通畅的旅程

你依然沉着，高大，英俊

绿洲为你奉上最甘美的泉水

琵琶声环绕

那一群护卫你的菩萨长长出了一口气

鹰翅携着圣灵的嘱咐

在草原上落下阴影

雪山降低了自己

让你和马嗒嗒地驶过

雨水与吉祥同时落下

你既没有感到幸运,也没有回想过去

你心里闪耀着天竺经卷的灵光

足以照亮长路与远方

六

你在马背上

已经看到了昭怙厘大寺

一座被河水隔开的大城

大城西门外高九十余尺的佛像

正讲述着宇宙间的空与无

背后的群山衬托了寺院的威仪

在这里经书们找到了唱诵的嘴唇

远处的草原上,羊群也将自己安顿在丰美的

   草丛里

金色的大殿里梵音不绝,钟声不绝

佛的足印广大,踏在寺院如海蛤的玉石上

经幡猎猎

好像在召唤中土到来的法师

寺院里柏枝的青烟全向你张望

高山上岩石也打开了自己

宇宙与万物开始了合唱

你其实是与敬仰的老师约会

鸠摩罗什，那位大智大悲的高僧

曾在这个寺院出家，数次开坛讲经

这些佛像与祭器

上面都留有高僧的手温

你在河水的闪光里看到了他

你在向着后山蜿蜒的小路上看到了他

那些最先出现的真理

通过这个伟大的头脑与嘴唇

向龟兹大地传播

向广袤的格桑花海与偏远的村庄传播

你现在也坐在其中

万物在巨大的声浪里

摇晃之后又趋于平静

乞寒节的马车上

你和国王一起

看大眼睛的龟兹女子旋转出大风与暴雪

光身子的小伙子跳出流水一样的舞步

你持续两个月的讲经说法

修正了这个国家的身姿与舞步

人们沐浴着佛的光芒

人世间的幻境

被所有人一瞬间感知并记取

七

十七座雪峰耸立

如同十七柄寒光闪闪的利剑

斩断人影与鸟踪

最巍峨的是托木尔峰

南天山的王者，银龙一样不知所终

积雪在冰川上传递着雪崩的轰响

你称之为"暴龙"

风之暴君

推着雪山

山里凌峰被推落

如同死亡的白象，比亡灵还要令人惊恐

一只隼自天而降

划破白色

雪雾弥天

雪峰陷入巨大的蛊中

长满白色羽毛的巫师

使死亡的僵硬变得可亲

神话里的吃人兽发出凄厉的长嚎

你和你的信徒们在劫难逃

远方的草原变得虚幻

乌鸦在天空布满碎片

人开始倒下

冻僵的人如同石头一样沉重

肉体已经散失了温度

只有一缕神识顽强地逼迫自己的双脚不能停下

马也在陆续倒下

它们渐渐闭上的眼睛里雪山在变小

在变暗

七日七夜，像一生一样漫长

在雪山里抢出自己的人群
乘着雪雾走出山口
这子宫一样的山口
这死门与生门并置的山口
最终把你向未来又运送了一程
你回首
那最后的雪峰超凡脱俗
成了你心中净土的模样

阿克苏的骆宾王

一

月华似霜,似雪,似白色的大鸟
你在温宿城头
看过军营之后定定望向远天
一只大鸟站在树梢不停地扇动翅膀
你觉得是月亮在天空跳跃
青山在夜色里时隐时现
如同乌云在天边横卧
早晨的雾气飘动着
像是仙人们在旷野里卷动纱幔
一匹马驰过
尘土飞扬在阳光里
无数个战死的将士不屈的灵魂
呐喊,然后消失

二

夜过天山,大雪飘舞
天山很快就像在梦中了
你也如在梦中
你的身体由重变轻
那些低低压下来的乌云
多像是京城上林苑里女贞的丛林
那些灌木上的积雪
疑似皇宫后花园里的琼花
突然你发现自己是边塞冬夜里的一介旅人
想回到京城,似无归期
谁在雪夜吹响了胡笳
脸上有两只小虫子在爬
伸手摸了一下
竟然是两行泪水

三

秋天总会想到离别

老友，再喝一杯
你回到长安替我多看几眼
长安的春花
想不到来了边塞三年
两鬓就起了白霜
满天空的鸿雁到底飞向哪里呢
河滩里的那些野鸭会不会怕冷
你看，霜已经落下来了
落在苇叶上如剑刃的寒光
而那将要落下的初三的新月
多像砍向敌人的弯刀
军营后有一棵大树
据说攀上去可以望见长安
你走后
也许我会独自上山
攀上大树

啊，那是故乡和你居住的方向

岑参的轮台

轮台大雪,像生命一样苍茫

来自一次次轮回

九月夜风,碎石如落叶滚动

没有柳枝,折一枝青青松枝

是送武判官吗

分明是送自己

自宛地到天山

只有明月可以看到故乡的模样

夏季听不到蝉鸣

秋来只有大雁

胡琴、琵琶和羌笛

美人舞如莲花旋

草原上的草开始泛起金黄色

匈奴的马匹随着烟尘驰来

将军们身着盔甲,整夜不脱

雪落在天山和马的身上

马正冒着热气

四边伐鼓,震得松树上的雪簌簌落下
三军呼喊,让整个天山都震荡了一下

我看见诗人岑参
他站在天山的一个路口
望着将军和士兵远去
雪地上一溜马蹄印子
像一支白色的箭射向远方

王维塞上

怀揣朝廷指令向着塞外策马而去

风沙弥漫的长路上

自己如飞蓬一样飘零

北归的大雁在清冷的天上叫声刺心

你在伤感被排挤的命运

大自然最是慷慨

让长河捧出一轮落日

像是安慰,又像是呼喊

让沙漠举起一缕烟尘,它是超拔的

直刺蓝天

你完全呆住,直至泪流满面

边塞的凄冷和心中的风霜

都在一瞬间

化为乌有

世间一切都在消散

唯有美可以得救

高适听笛

天山上的雪化了

那些胡兵骑着马悄悄离开草原

月亮呀的一声升上了天空

山上的雪更白了

今夜谁在楼上吹响了羌笛

那是熟悉的《梅花落》曲调呵

疲累的将士静静地躺着

月光像家书一样照在床前

故乡院子里的梅花也许正纷纷落下

清脆的笛声

在夜色里长了柔软的翅膀

一下子就飘满了关山

王之涣的孤城

那座群山包围的城池

那座黄河环绕的城市

被你看到

被你命名

你骑着驴和黄河一起

九曲十八弯

从青藏高原到黄土高原

再向西南望去

黄河像一条巨龙盘旋在白云里

好像摆动下尾巴就能飞天

这是一条孤独的大河

它孕育着也破坏着

需要这一座孤城暂坐

你把它们拉到一起

让它们交谈

你坐在河边吹起了羌笛

河谷里的春风不回应
杨柳们老老实实地缩着

玉门关外的春天是孤独的
那么多人和你一样
把自己交给荒凉的群山
最后成为一座孤城

王昌龄从军行

向西向西
黄沙如金海翻卷
烽火台如桅杆一般高高耸立
这艘大唐的战舰穿越重重关山

黄昏秋月跳出
风一阵阵地推着群山
有人独上高楼
举目望向东方
有人吹响羌笛
不，也许笛声来自月亮
月亮上似乎有女子
在来回走动
那也许就是他心中的她呀
正愁肠百结地望着夫君

楼下篝火腾起

有人跳起了琵琶舞

旋转的人群里有人唱起离别的歌

坐在高楼上的人为什么掉下眼泪

月亮呀，为什么也躲进了暮云

就这样久久坐着

秋风收走了天上的云朵

月亮如镜，也如她的眼睛

长城从夜色里浮现

时间从这里开始

又将在何处结束

月亮的嘴巴闭得紧紧的

躲进雪山

王翰醉酒

凉州在望
橘色的灯火让人想家
葡萄酒的醇香
从灯光里飞出来
像蜜蜂一样绕着我嗡嗡
紫红色的酒藏在夜光杯里
正闪闪发光
琵琶声撕裂秋夜的凉
且喝一杯
马上的汉子们把自己交给火焰
交给这暂时的陶醉
酒在身体里跳舞
军令急催前行
莫笑我疏狂
此刻我要喝下,喝下凉州的秋夜与秋风
喝干这一坛坛好酒
身体在解体

在飘动，像仙人拉着我飞行

不，我要冲向匈奴，驰骋天山主峰

用最后的力气杀向敌人

也许我会化作秋雁

在某一天飞回故乡

凉州啊

那时你还认识我吗

我曾经

在城头月下醉成一缕秋风

李益夜行

好大雪

如席如棉,如同一场银色的梦

天山茫茫入定

好大月

如镜如银,雪色月色辉映

人如在冰窟里蠕动

好大风

如刀割,如旋转的鬼魂

行军的人压低了身子

护住那一缕最深的暖

夜空里突然响彻箫声

呜咽低泣

三十万征人忘记了脚下的泥泞

举目四下张望

这箫声到底来自天山

还是那高高皎洁的月亮

有人捂住了胸口

卢纶追击

月亮隐入乌云

一只雁突然从林间飞起

匈奴的首领

像伺机的豹子顺着山谷逃跑

站在高处的你轻轻打个呼哨

一队骑兵如飞一样驰来

你走过去,一一轻抚

马的鼻子哟

喷出奔腾的热气

这时大雪突然下起来

母亲一样抚平这紧张的空气

雪花很快落满了

弓箭和马刀

锋利的刀如同超现实的玩具

追击与被追击的人

在许多年之后

都将化为沙尘

第二辑

阿克苏,
真正的一天是这样开始的

阿克苏，
真正的一天是这样开始的

天际红蔷薇一样绽开
太阳颤抖着也许还呼喊着
（每一种出生都这样艰难与疼痛）
阿克苏的地平线如此僵硬
如同第一次生育的子宫
红色光芒扩大，戈壁
也因此温柔起来
好像生育之后母亲的脸庞
早起的人儿沐浴在神的目光里
顿时感到生之庄严
生如蚁亦可美如神
我喃喃自语
红色的大球跳动了一下
稳定在沙漠的一端
如同君王巡视天下
带来了华盖、璎珞、轻纱、金杖

缤纷的大旗

呼喊的臣民藏在变幻的云朵之后

各色光芒从头顶上升

天空开始上升

金色车轮启动

天山戴上了金冠

神殿里歌声嘹亮

塔克拉玛干沙漠金浪翻涌

托木尔峰峦里的神仙们启程向东

我的父亲出现在地平线上

他低声吟唱：

"要有光就有光，

真正的一天开始了。"

阿克苏落日

越来越大

光芒越来越弱

成为空洞的红球

好像有一双无形的手

奋力托举着

戈壁滩上无数的老灵魂

不甘地呼喊

每一次落日他们都要重新

死去一点点

我是第一次这样直视着落日

一点点,一点点

被阿克苏笔直的地平线吞没

最后还有一瓣红色

如同留在天边的嘴唇

仍然在喃喃着:

色即是空

米吉提·海利力的热瓦普

海利力六十三岁了

他退休前是温宿县文工团团长

热瓦普跟随他五十年

睡觉时都要放在床头

"比自己的老婆还亲"

坐在我们面前

他有点害羞

手抚热瓦普时神色不再慌乱

如同鸟进了森林或老虎

扑进了山林

琴弦如同山风回旋

或山溪在涧峡里跳动

沙漠上空一轮朗月

马背上落满白云

鹰隼在风暴里翻飞

雪崩时乱石穿空

一群羊踏过草原

一匹马静静低头

最后只留一阵风

不紧不慢地停在一朵花的枝头

海利力红着脸笑了

他结结巴巴地说：

抱歉，断了一根弦

阿依古丽木①的辫子

会不会被风吹乱了

---

① 《阿依古丽木》是一支热瓦普曲子。

克孜尔石窟

一头古老的黑豹
从天山跃出
驯服于箜篌、琵琶、觱篥、羯鼓和横笛
替昆仑奏出音乐
震动中原和丝绸之路上的商队
一群斑斓大虎
戴皂丝巾,着绯色衣裤
红抹额,乌皮靴,白裤帑
跷脚,弹指,摇头,转目
坐在龟兹国王旁边的玄奘
也微笑点头道:
"尘世除了苦,还有如许欢乐。"
许多年后
虎豹沿天山向东向东
抵达长安城内的宫廷
在《秦王破阵乐》和《霓裳羽衣曲》的节奏中
腾挪跳跃,妩媚回首

"美人舞如莲花旋,

世人有眼应未见。"

贵妃与诗人目眩神迷

长安城上空的白云也停下脚步

向着鼓声降落

豹子从此住进贵妃的身体

她长着牡丹一样的脸盘

却有矫健的腰身

在夜晚的宫殿里

龟兹古老的灵魂在她身上显灵

柔软处流风回雪

刚健处游龙起身

嘘,别惊动她

在克孜尔石窟的穹顶上

我看见她衣袂飘飘

指尖流出了仙乐

昭怙厘大寺

确尔达格山张开臂膀
在等待两位高僧
雄鹰在雄鹰的翅膀上
库车河在夏天的冰川里
寺院的钟声传递着空与无的真理

一个七岁的会说吐火罗语的儿童
推开了寺院的大门
天空中辽阔的风停了下来
一朵有金边的云也降落在寺院正中
他是出生在龟兹的印度人
英俊的容貌有混血的基因
半岁能说话,五岁博览群书
一天可以背诵三万六千偈
他走在石头里
他替石头说话
夜晚青灯的火焰

移动着确尔达格峰上的孤独
他已经确认了自己的使命
到太阳初升的地方弘法
告诉受苦的人
一切有为法,如梦幻泡影
整个东方从此被赋予露珠和闪电空无的本性

有些相遇是命中注定的
那些从草堂寺里流出的经文
早就把你俩联结在一起
雄鹰在雄鹰的翅膀上
库车河在夏天的冰川里
寺院的钟声传递着空与无的真理

三藏法师
在大唐的一个黄昏,在昭怙厘大寺
听到此起彼伏的诵经声
他和他在无垠的时空里相遇了
相隔近两个世纪的人
只用眼神就认出了彼此

他引导着他

在人们的簇拥下进了西寺中塔

这是鸠摩罗什开坛讲经的地方

大殿上香火不断

就像他强大的灵魂不死

他在回忆里写道:

"隔一河水,有二伽蓝……

僧徒清肃,诚为勤励。"

他还看到一块有佛足踩过痕迹的大玉石

在满室烛火中大放光明

一千多年后的一个冬日

三五个怀古的人

在残垣断壁间沉浮

昭怙厘大寺

已经沉睡,已经颓败

那些风化的古塔仍在喃喃细语

两位高僧的影子

晃动在东方广大的人群里

一代又一代的觉者

在他们翻译的经卷里进进出出

我在干枯的库车河里寻找石头
沉在地底的河水
一阵阵打湿我的心

在阿克苏,我感觉地球是圆的

在阿克苏
地平线从来不会藏匿
它像虚无一样横亘在天边

这是神灵画下的吧
不断向前移动的线条
好像母亲伸长的手臂
迎接着太阳出生
护送着太阳降落

远远地看着
地平线倾斜着
好像我一直走向它
(远远地,我看到了地球的边缘是条曲线)
就能从这锋利的边缘掉下去

会掉在神灵的世界吧

我想试试

这个边缘真实而虚幻

就像远方的爱情

柯柯牙

青色的龙
腾空而起，黄沙阻断它

柯柯牙呀
塔克拉玛干大沙漠包围着怂恿着
飞沙中黄土开口说话
盐碱和沙尘在阿克苏古老的叹息里流窜
沙漠距离城区只有六公里
每年以五米的速度向阿克苏推进
寻找水源的人被阿克苏河流放
干渴的嘴唇陷入黄沙
绿色隐而不发
大地荒芜
没有一点绿色，没有一声回答

三十五年前，五万人扛着铁锹背着馕出发
黄土如铁

镐下生火

炸药才能让原始的砾土敞开胸怀

人与黄水滚在一起

树与黄沙滚在一起

荒漠绿化如同做一个万古不醒的长梦

一代接着一代干

一任接替一任绘

星星绿意

像不可抑制的春天一样生长

终于成了一片绿色的海洋

青色的龙

腾空而起，风过处万亩果园飘香

柯柯牙

镶嵌在西北的一道青色悬崖

音干圣泉

穿过两公里的沙漠

翻过绵羊山

再向上爬一公里

先是看到一棵古柳祖母一样站着

后面跟了许多亲戚——

杨树、红柳、核桃树、柿树、榆树、枣树

茂盛得像是从江南来的

它们脚下

奔流而下的泉水用一条小石沟约束自己

岸边有冰，照见自己

活泼纯洁的样子

应该有羊把温顺的胡子放进水里

应该有姑娘把海浪一样的长头发漂进水里

我们在半山找到了圣泉的源头

野芦苇拥抱着它

它从荒山深处吐出冒热气的泡泡

好像山下面是海

海里有一头巨大的鲸鱼

不断地向荒凉的世界发出呼吁——

神在高高的山上

泉在低低的古村里

音干古村

古村寂静
风停在芦苇的白芒上
只有这道万古流淌的温泉
日夜响着

泉水怀念老来洗衣服的大娘
老妇人在山下十公里外的富民居点
做着中国梦
当然还有那一群群白云一样移动的羊
黄昏时候它们的下巴总是滴着泉水
还有那哞哞叫的牛
蹄子踩歪岸上正在变绿的草茎

泉水孤独地响着
把天空和星子揉碎再重组

站在半山俯视古村

它像历史中被删除的细节

空空地藏在时间背后

等待后人

温宿县大巴扎一瞥

他闭眼蹲在早晨的冷霜里

火车头翻耳帽子护住耳朵

一团白胡子乱哄哄地堆在下巴上

他面前的摊位上摆着木碗和小木棒槌

双手插到袖筒里

看到我们端起相机

他像个明星一样瞪起眼睛

他有保护自己肖像权的意识

当地人说他是"网红"

一生不婚无子

是个快乐的老光棍儿

突然觉得他很像三叔

一瞬间

我以为又站在童年的街头

我以为他会把我举过头顶

葡萄干

葡萄，我愿意成为你的藤蔓
成为你的晾房
成为吹着你的热风
甚至成为悬挂着你的挂刺
我看着你
一天天干瘪
一天天失去水分
把甜蜜压缩至最深处
像一个暗恋者
憔悴老去
——我心疼自己

羊

雪白滚动着

发出咩咩的叫声

粉红的嘴唇啃食着戈壁上的草根

我简直不敢再多看它们一眼

因为肚子正在叫唤

车上的人说:"四斤手抓,三斤羊排。"

它们会消失

它们晚上就会在肚子里咩咩起来

如一个个可怜的婴儿

难过只持续这么一小会儿

这天晚餐

我甚至多吃了一根羊排

听吉利力读诗

他微闭眼睛

卷曲的头发随之摆动

"老子、庄子、杜甫,

都是我的亲人。"

他热爱嵩山、黄河

还有洛阳的卢舍那大佛

这些字眼从他口中吐出

如同草原捧出露珠和星星

英俊的维吾尔族诗人吉利力呀

他遥望中原的目光那样深邃

他说起中原的声调那样深情

一面镜子

镜子里的事物比其本身还要鲜明

看着吉利力沉醉地朗诵

我心里的中原

更加崇高

冰糖心苹果

在托木尔峰下

红旗坡农场

苹果树开花

苹果长大

冰川上的雪水哗啦啦

它们说：

请到苹果的肚子里去找我

在托木尔峰下

红旗坡农场

苹果树开花

苹果长大

托木尔峰的阳光银光闪闪

它们说：

请到苹果的身体里去找我

在托木尔峰下

红旗坡农场
苹果树开花
苹果长大
九月的白霜铺满果园
它们说：
请到苹果的心口去找我

我咬了一口温宿的苹果
我尝到了雪水的凉
阳光的香
和白霜的甜

库车大峡谷

十万只猛虎
细嗅蔷薇
无数条巨龙
半空盘旋
红色的寂静城堡
在等待着远归人

它箍着这山谷,压低这山峰
它使人姿态扭曲
使人的思维穿越虚空

它沉寂,像城墙一样厚重
它轰鸣,像天雷一样惊心
它逼视着一切
不抱希望,也不占有

走在山谷底部

轻叹：人类生命如同山谷上空的闪电

也如谷底的流水

托木尔峰

当然,我走不近你
你永远像真理一样遥远
但我惊骇于你的光辉
月亮一样的光辉

那是十一月的一天早晨
在温宿塔村
雪刚刚亲吻了大地的皮肤
月牙儿隐在雪峰的阴影里

冬日晨光如剑一样切割着山峰
一顶粉红的帽子戴在托木尔峰上
另一座山峰有深蓝的影子
像是回声

托木尔峰的积雪
被晨光与月光描绘着

它像王一样一动不动

我吃惊自己的泪水沿着脸颊流动

在这个冬日早晨

金色的须芒从我头上伸出来

在阿克苏

它曾叫姑墨也叫龟兹
它被天山拢在有阳光的怀抱里
塔克拉玛干大沙漠
把闪闪发光的纱巾披拂在胸前
数个世纪的马车和人群途经这里
睡在驿站宽大的羊毛毯子上
馕的香甜让人忘记故乡
阳光颤动在地平线上
光线、酒与热瓦普的声音
一朵云像一块桌布
在树下铺开迎接午餐。我来阿克苏太晚了
不过现在也许比古代更好
人们永远生活在别处
我在自己家里感到厌倦
阿克苏——天边的城市,是梦可抵达的地方
那些开满白茫茫野花的田野
山坡上熹微的光

前所未有的纯洁空气和笑

让人充满希望

人生有新的可能

就像托木尔峰下云影追逐着鸟儿的翅膀

棉花田

大雪下了几天几夜

温暖包裹着大片的忧愁

中原的女人们,拾起雪

塞进身体

晨曦乌蓝,如同一个巨大而虚无的怀抱

欲把棉花田和女人们都揽进黎明

女人们的手停在棉花上

远处,火车在鸣叫

像是田野上的牛向她们呼唤

她们知道

自己被故乡的人一遍遍梦见

后面紧跟着新月

谁的眼睛,弯弯地高悬

在托木尔峰下喝茶

地球睡着了
只留下白色的托木尔峰闪烁

冰峰睡着了
只有半山腰的小木屋里亮着灯

小木屋里发出鼾声
只有两只杯子飘着茶香

这让我足够安宁,如一朵莲花
站在水中

独 活
——致诗人多浪子

多浪河日夜不停地，穿过你
这多情的绿波
苍凉的热瓦普琴声响彻两岸
悲悯无声地穿过石头
击中你灵魂里的黑洞
身体裂开许多缝
这让你永远
满怀忧愁又敏感快乐

仿佛是独活
这是张仲景记录的一味中药
可医治流浪中的孤独

在多浪河边跑步

"这里离多浪河几公里?"
"三公里。"
这是早晨六点半的阿克苏
我从博林酒店打车去河边
跑步——
司机瞪大的眼睛
有哗啦啦的笑意

我在白云上跑步
我在热瓦普的琴声里跑过
我在杨树丛林里野兔一样跳跃
我从楼群里隼一样一飞而过

合欢的香气在河面上远远跟着我
白杨树热烈地鼓掌
两只白鹭追着我
好像我是河里涌出的浪花一朵

多浪河水越过堤坝

从石桥孔里跳下来

它跑得比我快活

月亮湾

清澈,含情,闪光
沙雅的大地上静静地
泊着月亮

明媚,流转,顾盼
其格格热木村维吾尔族姑娘的眼睛
多情地张望

两岸胡杨
散发金黄的光芒
姑娘们躲闪的睫毛
轻轻吻在你干涸的额头

哈德墩大桥

一手牵起哈德墩镇
一手拉起塔里木乡
你是塔里木河的鹊桥
是的

在你之前
乡民们隔水相望
呼喊，招手，对唱
风来回推动着波浪
偶尔渡船来访
让塔里木河的波浪看着更加遥远

古老的胡杨树在沙漠里沉睡
守着亘古的孤独

现在一个人走在桥上
河水欢喜地向西向东

幸福的乡人通过大桥把胡杨

向世界宣扬

千年胡杨王

对人类来说
你就是永生
你是阿克苏的时间简史
是一部沉默的抗争史
最重要的是
你胜利了
你战胜了时间
成为一座人类的寺院

我站在树下
听到你不倦的吟诵

奥普坎村

在黄昏时抵达
奥普坎村
维吾尔族男女在唱豫剧
脱下戏装的人
眼睛都像天上的星星
支书说：让我们开始结亲
陌生的人拉起了手
胡杨树一样并肩
古来仙木黑黑胖胖，她微笑着拉我
就成了我的维吾尔族亲戚
旁边的村干部说：她有三个儿子、两个孙子
这让我吃惊
我呆望着她，为自己比她年长
却只有一个女儿而惭愧

说着两个孙子抱住她结实的腿
金色沙漠的笑声
也不是我轻易能得到的

漂流瓶

我和十五岁的金子
各扔进塔里木河一个漂流瓶

我写道:"很久之后捡起来的你,是故人。"
金子写道:"有缘走不散,无缘求不得。"
两个瓶子在河中心打旋
被浪花带着走了一段,又退回

过了一会儿,两个瓶子随着波涛渐渐不见
我怔怔地看着塔里木河
推测瓶子抵达罗布泊的时间
据说塔里木河最终消失在沙漠
那么也许多年后一个科考队员会捡到它
那时我已经白发苍苍
不再对远方有任何渴望
电话里响起一个陌生的声音:"你是青青吗?"

我为自己的想象激动

我对金子说:"多年之后,

不论我俩谁接到来自罗布泊的电话,

一定一起喝一杯。"

捡石头

你是白的吗

看到你扇着翅膀从远方匆匆而来

天山的雪魂

一缕一缕终成宽阔的水流

不,不是水流

是生命展开漫长的旅程

怀抱着石头

如同一个个挫折与厄运

棱角磨尽了,最终各自圆润

散在岸边

花石头、青石头、白石头、有菩萨的石头、
　栖息蝴蝶的石头

上面有龙纹,有山水纹,有月亮和星星,
　有虎与怪兽

在城市的耳畔

不倦地谈着:

我是时间,是宇宙元素,是河流的密码

生命太短暂，石头永恒
不信，捡一个回家放在枕头边
你能听到阿克苏的声音、冰川崩塌的声音和
　雪豹长嚎的声音
不是幻觉，你相信自己还是别人
石头会说话
人只要沉默就能听到

壬寅年夏
四个来自中原的人
在阿克苏河边捡起河流吐出的骨头

第三辑

天山上的月亮更孤独一些

塔格拉克村

天山伸开巨大的手掌

把塔格拉克村轻轻地捧在半山腰

住在半山上的人

也被托木尔峰宠爱地拥抱着

群星明亮

天上的合唱团提着灯笼

雪峰静默

圣殿里终夜倾倒着真理

夜里我听到窗外响动

那是风在一遍遍地巡逻半山的松木

把它们身上的雪轻轻抖落

还有雪狐狸和天山雪豹画着梅花

我突然明白,头顶的群星

它们是雪夜的翻译者

把人间最接近圣洁的真理

传递到昆仑之外更广漠的星空

早晨的托木尔峰

先是跳出来

显露出它高迈的轮廓

诸神打着哈欠

群星退避

月亮孤独地继续偏西

一点粉色、隐秘的喜悦

涌上峰顶

就像不可遏制的爱意

雪峰顿时红了脸

巨人的羞涩是那样动人

雪原上的道路闪着金光

无数的好事情顺着这条道路传扬

山谷里的风也不甘示弱

带着飞霜和尘土,还有古老的灵魂

一遍遍地吹拂着我们

这时托木尔峰恢复了自我

戴着雪帽,表情威严

准备再一次君临天下

在巴音布鲁克草原

一

我到了另一个世界

云朵载着青山

马载着草原

每一朵花都噙着晶亮的雨滴

我喊一声

就把自己吓了一跳

那吃草的白马

仍旧低头沉溺于草香

这不是我习惯的尘世

这是另一个平行世界

二

风坐在草原上
青草顺从地滑进羊和马的肚子
时间静止在那条细细的小溪里
云朵突然落进水里
天空跟着摇晃

三

马在吃草,羊也在吃
天空张开深蓝的嘴巴
吃下了草原

黄昏
暮色突然降临

四

骑马的男子

咣地闯进羊群

草原跳荡了一下子

像湖里扔进了石头

之后，重新恢复宁静

五

听到草原上有声音叫"青青"

我却没有回应

我伸长脖子

想知道是满山坡的青草在叫

还是马群

六

马思依乐藏在蒙古包的门后

"我看不见你了，你在哪儿？"

三岁半的他尖叫着：

"我在马的肚子里，

你等等，

再有一分钟,我就出生!"

七

跳进草原

我就成了马匹,无法停下

奔跑的脚步

趴在草原上

我就成了清泉

白马的嘴唇和花牛的胡子

还有鸟的叫声

都被我一一淹没

躺在草原上

我就成了花朵

在有牛粪的地方,开出格外鲜艳的一朵

天山神秘大峡谷

一

这明明是神住的宫殿
夕阳照亮穹顶
诸神在明暗交接处飞翔歌唱

我抬头的时候
金色的神伸手接引
好像只要我向上跳起来
就能凌空并成为天使

我低头的时候
远古滚滚的洪水
塑造着天山的一隅
让一座山峰崩裂
并重新出生

二

峡谷上空一只眼睛
注视着谷底走动的人群
如蚁如兽
如一个个随风滚动的石块

"应无所住而生其心"
眼睛慈悲地眨眨
来来去去
亦是不来不去

三

一线天
就可以看到流云飞鸟
也能听到风声
人生的狭窄处
只需要侧身而行
也许还没到水穷之处
就可坐看云起

齐兰古城

墙倒下之前
先在大风里呼喊
它是替古城里的那些灵魂呼喊
墙裂缝了,拥挤在一起的灵魂
自由出入

在沙尘暴过后的那场雨里
古城墙揉碎自己
成为颗粒
借助雨它最后一次向同伴伸出手
它碎裂了自己的骨骼
有一些影子腾空而起

风在搬运,请来了神灵
讲述黄土里被截短的沙棘、红柳和野芦苇
雨一遍遍地抹去商旅和士兵的脚印
把自西汉到晚清的无数个身影

抹平

天暗了
雨还在搓洗着残存的城垣
把古城里的秘密
一点点往地下搬运

胡杨林

上午十点
胡杨林,头戴紫金冠
它为自己佩戴,它是自己的王
打败风沙、寒冷和干旱
送走流云、暴雨和冰霜
从深秋开始,关闭一切
只为自己庆贺
漫长地庆贺,孤独地庆贺
只为自己活着

几个月后,在荣格的书里
一片片胡杨树叶子飘落
是阿瓦提胡杨赠我的金币
我准备
在暮年
慢慢消费

慕萨莱思[①]

请问：木纳格葡萄

如何变成

慕萨莱思的

请看看那美丽的大眼睛姑娘

她们怀抱着婴儿

流泪、沉思、成熟

就像葡萄自然发酵

成为最有营养的河流

——母亲

[①] 慕萨莱思：为新疆特产，是中国最古老的葡萄酒。

刀郎木卡姆

我听到了

你在歌唱

那不是歌唱

是叶尔羌河的波涛在翻涌

那不是跳舞

是胡杨在狂风里不屈地扭动

是狼群在高原上狂嚎

流浪在胡杨林里的人儿

想念了就歌唱

流浪在胡杨林里的人儿

悲伤了就歌唱

流浪在胡杨林深处的人儿

打一条大鱼就歌唱

流浪在胡杨林里的人儿

有病躺倒也要歌唱

流浪在胡杨林深处的人儿

死亡前也要歌唱

请像叶尔羌河一样无尽地唱吧

我们不是有约定吗

如果想念我就到旷野里去唱

王明珠
——"冰峰五姑娘"之一

一切都太过震撼了
有悖于常理

三五九旅屯垦纪念馆的展厅里
你有孩子一样的笑脸
长辫子的细皮筋还是妈妈绑上去的
眼睛是冰山上的雪莲

你叫王明珠
河南确山县人
一个像珍珠一样的姑娘
十六岁的你看到在招支边青年
偷偷报了名
然后,一九五七年三月
和姐妹们上了天格尔峰
要修一条翻越天山的公路

天格尔峰用冰雪的剑戟迎接你们

你们被分在炊事班

姑娘们不愿意：

"我们是来修路的，我们要去最艰苦的一线！"

抡起大锤，钢钎冒烟

雪水飞溅，身体像冰棍儿

王明珠是最小的姑娘

开山放炮总跑在前

"明珠呀，真是命大，两次都差点儿被大石头
   砸中……"

在人民大会堂

毛主席听了小姑娘的汇报

亲切地称你们"冰峰五姑娘"

现在我深情凝视着另一张照片

暮年的你和年轻的你们一起合影

瞬间与永恒一起合影

过去与未来一起合影

乌库公路

一条发光的飘带

带着你们的青春翻越天山

明月都住在天山里

你是天上的山

山里住的都是神仙吧

月亮也住在你那里吧

"明月出天山,苍茫云海间"

我亲近过托木尔峰和博格达峰

冰川洗过我的眼睛

每清洗一次我都重生一次

我更喜欢在天山脚下的我

像只小兽

高声和星星说话

低声与奔跑的雪雾交谈

第一次看到博格达峰

距今已有十年

今天在托木尔峰下

我有点恍惚

洁白的,你的身体在闪烁

白色的山峰,白色的山坡

白雪把它逝去的韶光种植在

我命运的山坡

你是天上的山

山里住的都是神仙吧

月亮也住在你那里吧

"明月出天山,苍茫云海间"

深夜翻越天山

深夜的天山

宽广神秘像童年住过的村庄

甚至有些荒凉

是谁在车窗外低声细语

是雪和风

山并不总是很陡

有时甚至是平缓的丘陵

我透过车窗看了又看

黑暗,还是黑暗

天山沉没在黑暗中

如同人沉睡在梦境

这是必要的

天山和人类一样

忍受着黑暗

等待黎明

司马义·依布拉音饭馆

长着高鼻梁的司马义·依布拉音
给他的饭馆起了个同样的名字
我们几个汉族人
到他家就餐
墙上的菜单都是维吾尔语
只有几个招牌菜标出了汉语
干煸豆角写作"干煸独角"
干炸带鱼写成"干杂鱼"
穿在红柳条上的羊肉串很好吃
玫瑰花铁壶里的茯茶香喷喷
饭馆里的维吾尔族客人都大口吃着羊肉

我们在司马义·依布拉音家
就像一家人
不
我们本来就是一家人

馕

像落日一样圆
像人心那样温热
像新疆的朋友一样好的馕

到新疆不吃几个馕
你就不算到过新疆

像梦一样香甜
像老婆一样熨帖
像热瓦普一样心里常挂念的馕

馕是信仰
无馕遭殃

像羊群一样繁多的财富
像草原一样广阔的爱
像爱情一样美的梦

一生也无法离开的馕

馕渣子也要拾起来放在高处
让鸟儿吃
结婚时要吃蘸着盐水的馕

新疆人说呀,馕就是娘

观音山

你站在雪雾里等
等我
不早一步
不晚一步

我们奔向你
就像孩子奔向母亲
月亮和我们一起奔跑
还有后山的乌云

现在我确定地知道
我是你的孩子
正在学习如何始终宁静
看着冰雪覆盖山峰
大雁飞过天空

缓慢地活着

保持平静

如果可能

尽量喜悦地低声说话

古莱夏

古莱夏是个哈萨克族姑娘
给我们倒酥油奶茶
她母牛一样的大眼睛
满含着对我们的好意

这是昌吉市阿什里乡努尔加村
大雪纷飞
村庄一齐向下
缩回大地深处
冰锥在屋檐练习凌空出剑
麦秸垛坐在场院里回忆童年

我坐在热炕上
那么弱小,那么怕冷
好像祖母刚刚离开的那年冬天
哀伤如同大雪
让我的青春期里一直寒意深彻

古莱夏微微一笑

她说吃马肉喝酒就没有忧愁

外面真冷

多想想温暖的事情

天黑得很快

家里多么好，多么温馨

当你们互相成为亲人的时候

进乌鲁木齐时大雪

大雪引路
车于凌晨四点驰在乌鲁木齐郊区

城市是睡着了做着美梦的样子
车过八楼站,刀郎的歌声再起
二十年后
乌鲁木齐的第一场雪
依然能唤醒梦幻之痛

我和夜雪一起徐徐降落
进入城市的那一刻
自己的梦仍然连着你
有人指给我看王洛宾住的小区
三毛也来过
她爱他,他并不爱她
一缕雪雾让天空与城市混在一起
一个人的歌声充满整个世界

他送给她的玫瑰

红色一直醒着

梦中橄榄树上的叶子却在凋零

半年后在台北

她在荣民医院的房间里

在大雪中深埋了自己

新疆诗人艾斯卡尔

艾斯卡尔刚刚参加完作代会回来
他一下飞机便说：
"你们在哪个酒店？我现在就过去。"
晚上快十一点时，他出现在我们面前
他不太像个诗人
有点胖，还有点腼腆
眼光温润
像一头带了一群孩子的母牛
第二天一大早过来
让朋友陪我和萍子逛大巴扎
他在一个饭店前下车说："准备准备，
吃完饭送你们。"
从车上拖下葡萄干、巴旦木若干
说一大早去市场上购的
必须带上
他吃力地弯下腰
从车厢里提东西

然后他站在车窗外

满含泪水（也许他只是眼光温润）

我的心，顿时成了结满露水的草尖

白月光下一条路

祖母站在那里向我挥手

大佛身上落雪了

红光山落雪了
沿路的佛像头顶落满了雪
大佛的肩膀上落满了雪
脸蛋上也落满了雪
衣袂上也落满了雪
好像佛也喜欢雪

悠扬梵音因为雪变得颤抖
上香的人差点儿滑倒
是佛扶了他一把
雪花簌簌从佛像上落下

说的是无论如何要快乐
无论如何要微笑
无论如何要慈悲

生命就像雪花

在新疆看月亮

十月初八的月牙儿

长出一片金色的羽毛

飘上新疆的天空

中原的月牙儿

是不是也这样玲珑

而我暗恋的人儿

可否抬起好看的面孔

我独自站在寒冷的空气里

屏息倾听

多浪河向它自己的黑暗倾身

而我也倾身于我的黑暗

不 同

我在旅行
吃穿在红柳木上的羊肉
大笑,喝酒,听别人唱歌
母亲在老家住院
冰凉的液体顺着输液管流进她的身体
她吃得很少,不能下床
看不到这大好世界
她困于那一阵阵疼痛

第四辑

再没有事物可以伤害我了

发　现

我注视花

仰望月亮

看一只昆虫在早晨的枝杈上

慢慢爬行

我一次又一次跑向树林

与田野交换呼吸

独享这大自然的秘密

我不再为这倏忽消失的美

伤悼

我不再为无人陪伴

而感到孤独

我不再为自己慢慢衰老

而暗暗自卑

我不再为你没有给我写信

而流泪焦虑

我已经爱上自己

爱上虚无

爱上空无一人的田野

以及偶尔飞过的鸟群

我咀嚼出一个人的好

如同树木在风中轻轻梳理自己的羽毛

再没有事物可以伤害我了

再没有事物可以伤害我了

我像我自己的祖国，一只独行的老虎
我哭泣是因为感动，而不是被人抛弃
我微笑是因为爱所有的人，而不是你
我的悲伤是更广阔的天空，被雾霾遮蔽

我像我自己的牧场，一匹低头吃草的马
大地带着青草向我走来
我倒向它，因简单和朴素的爱而颤抖
我真的爱这混乱的万物
允许它扎伤我、刺痛我
让我生长出忍耐力

我是我自己的故乡，一片丰饶的田野
因万物生长而贫瘠，婴儿的哭声和老人的叹息
无数人生来又死去

那些小路是那样孤僻荒凉

灾难都只是一小会儿的失忆

割不断那些曾被阳光照亮的骨殖

现在，任何事物都伤害不了我

我是我自己的王者

我的灾难都源于我自己的错误

别人根本扎不到我的心

我把心放在遍地盛开的花朵上

像碎了的琉璃

我诞生了自己的爱情，那永生的青色花朵

不会停止，也不需要养育

更不会凋谢

如同我终生的奔跑

将苦涩的脚尖

朝向刚刚收割完毕的大地

良 夜

在空屋子里独坐着
"我在想某一个人,
说明他已经来过。"
我想拥有更多这样的时刻
胜过
见面的时刻
这是一个独居女人的良夜

夜游胡同

我喜欢和你一起
走在古旧的胡同里
你一会儿被灯光涂黄
一会儿和星光隐藏在黑暗里
没有人说话
只有影子虚无地跟踪着我们
我们是那样好
就像桂花蘸着秋天
就像月光铺在水面
胡同里有你制造的秘密房间
你我是豆子
安顺地钻进豆荚中间

后地村

睡在黄河边的后地村
以一两声狗叫迎接了你我
巨大的核桃树张开绿伞
清凉了初夏的黄昏
猪头宴推迟到八点半之后
且慢,要等夜深人静,要等星光月明
要等枣树花幽幽吐着夏日清芬
人世间所有的好等在这里
我们且享用
你和老范热烈交谈,喝尽杯中酒
星星从核桃树叶子上滑下来
在酒杯里不安地跳动
突然之间
我很想与你隔着桌子紧紧拥抱
好像你我是离散的亲人
在后地村重逢
这悲伤里的热烈

像茅台酒一样
瞬间燃烧了我的身心

有点眩晕的我
想给你一份新鲜而陌生的爱情

晚　雪

反正是迟了一步
与你相见
免不了万箭穿心
还是要飞——
假如，在万物的光芒里，你真的
如星般明丽
却又只能退隐到你允许的距离
恰似月亮
只能停留在树梢屋顶
还是要准备着覆盖这污浊的尘世
还是要纯洁
还是要虚幻
还是要爱意殷殷，给予这世界
黑铁屋子里短暂的欢乐
以柔弱之躯
穿越混沌与苍茫
与每一个平凡的日子
一起受难
哭泣

消　散

火焰正在熄灭
对你的爱正在后退，像吃饱的猫不肯
　　回到你的怀抱
在这个坐了许多次的长凳上
你和我拥抱着
但中间有很大的缝隙
像钟表上的指针
相遇时紧紧地抓住对方
却很快就要分离
我们不停地说话
害怕这裂缝越来越大
我失足就会掉进去
然后突然停顿
一个不断扩大的空白
在吞没曾经浓郁的爱意
火焰在消散
剩下的只有浓烟

人们说死灰还能复燃

想到这里

我假装热烈地吻了你的嘴唇

漠河之夜

夜色如深渊。你跟随我

脚步与心跳一起和着雨声响起来了

樟子松向我倾斜,黑龙江上空的云朵向我倾斜

满山岗的白桦树也向我倾斜

河流向着额尔古纳河的右岸倾斜

这星光炸裂的夜晚

我从你的左侧走过

你从我的右侧走过

夜色落下来,隐身衣是黑色的纱

里面裹着北极村的云朵和滔滔的江水

还有你和我

突然有雨的冬夜

至此,你才是最完整的
那阴影逐渐扩大到华北地区
像一个人肺部的病征
冬天发热
五官必须闭合
只留下一个小小的通道
通过脐带与你联结
茶在万邦吐露芬芳
我们朗诵维吉尔的牧歌:
"那阴影会大大伤害到作物。
回去吧,我的羊儿们,你们都吃够了,
晚星已升起,我们也该走了。"
什么时候
黄昏带着细雨降临
神灵早已做好准备
等待着一切意外的发生
我们在雨里走啊走
好像后半生都交给了这下雨的冬夜

如果你也在倾听雨声

你来了,又走了
如同一艘船从青龙涧河驶来
在夜晚的星光里
载走了夏至零落的蛙鸣

今夜,为了让我的孤单
斜倚
大雨如期而至
没有了你
我和一片响亮的雨、几朵晚开的紫菀、
　湿了翅膀的燕子
一起漫步

如果你也在倾听雨声
——孤单一点又算得了什么
一条鱼
在被大雨划破的河面上
默默品味着那山泉带来的回声

回水云居

四年前的我在水里沉睡
样子看上去比现在年轻
那天我穿着小蔷薇花的短衫,走在铁轨上
等待火车运送来一车厢一车厢的梦境
大沟河水库边的竹林里
斑鸠们站着讨论那个寻找自己的人:
"可笑呵,自己不是好好活着嘛,还来找自己!"
我把另一个自己安放在水云居里
这是个谁也不知道的秘密
我看见我像鱼一样游动起来

竹林里的斑鸠们轻轻地笑了:
"那是一条我们都认识的鱼,子夜时会唱歌呢,
怎么可能是你?"
突然,我看到荷叶上的自己
翻过身子,与失神的中年女子
轻轻相拥

采矿人

群山蔚蓝,高举着手
我看到你了,采矿人

我的伏牛山呀,我奔腾的湍河呀
中年幻想,刀锋上的蜜糖
枝条上绝望的蓓蕾

感恩那双发掘金子和钻石的手
他掘出了我的果实与窖藏的酒
我和他一起耕地、播种、歌唱与哭泣

说吧,采矿人
为何你的眼睛会闪闪发光
穹顶之下,燃烧或者熄灭
那一万年的秘藏,谁向你透露了路径

岩石的颜色,吻或者唇的温度

石缝里的碎片，闪闪的金子或者青蓝色的宝石
羽毛、玻璃、金属
牙买加的沉默与静止，它们的形状
除了你，采矿人，无人可知

柿　子

我捏起这红得透亮的小果实

你柔软、甜蜜,一触即破

好像一个爱得太多的女人,随时准备破裂

我与你之间,一定有不同之处

我愿意你青涩、坚硬,高高挂在夏天

独立自持,不取悦任何男性与任何别的人

你在等什么呢

等那一场又一场的白露与风暴

在寒凉里交付自己的虚弱、刚烈和苦涩

而你和我一样愿意相信

爱可以拯救,可以致幻,可以生产一万个梦境

就像现在的你,红了脸蛋,软了身体

随时准备让他一口吞下去

金兰湖的黄昏

现在,夕阳的光线被黛青的山雾收起
金兰湖的睫毛慢慢合上
她不知道,自己有多么美

我一刻不停地看着她,从黛青到宝蓝
赞美的话都卡在喉咙里

神灵就在这时从山谷里飞出来
在湖面上与水妖交换了手印

其实我想说的是,如果此刻你在我身边该有多好
看看鱼是怎样跃出水面,噙住了一朵白云
还有湖边的荼蘼花,把露水悄悄含进花蕊

这个时候,你跟在我身后,就像风掠过草丛
我需要这样的时刻,证明你还想念着我
一直把我藏在心里,就像金兰湖把新月藏在水里

灯　盏

不过是离开你的怀抱几分钟

就成了孤单的闪电

小小的甜蜜火焰

一路跟着野桃花、紫藤花、黄绣线菊、紫荆花、

　樱花、石楠

它们和我一起燃烧着

这些小花朵好像都是从我身上跳下去的

当全部黑暗来临时，花朵可以充当灯盏

清晨，正在下雨

你送来的波浪还在持续

好像我是发电站，有一万台机组在我的身体里

春天在春天的山上

野桃花在野桃花的心里

而那些刚刚还向我张望的花朵

最后又去了哪里

寒露前开的桂花

一

"桂花又开了。"
"嗯。"
"我说的是'又'呵,就是它第二次开花。"
"我舍不得睡,我坐在树下。"
"嗯,它又想对你说情话。"
"不,它是从心里捧出无数珍珠。"
"那你就好好享有。"
"不,每一个经过的人都领走了一份。"
"你是个好女人,这是秋天对你的恩赐。"
"不,是我收到的最隆重的奖励。"
"你把电话放得离桂花近一些,听听桂花也是好的。"

二

寒露这天我家的桂花又开了

——嘘，小声点，别惊动了它
你此刻可以把整个秋天放在花瓣上
桂花驮着秋天在蓝天里飞翔
好像世界没有重量
我的肉身还沉重吗
把我放在桂香的波涛上吧，淹没我，都愿意

三

我不由自主地贴上去，尽可能地离桂花近一些
就像我见到你时，总是要挨近你的身体
我把心折叠后放在花朵上
或者我把花香折叠后揣进怀里
你可以认出我来的，那个因揣了过多的桂香而
　　步履不稳的人
呵，我愿意为你醉

四

睡前还要拉开门再嗅一下桂花香

好像明天早晨香就会少一点儿

好像它是个薄情人,天亮就会走掉

当然,还有一句话我不想说给你

我怕,世界就此沉沦在黑暗里不再醒来

我这样吻着你,是不是最后一次

情人节

情人节,我和女友们
钻进草莓大棚里,又热又甜蜜
小草莓,鲜艳、饱满、多汁
像我们逝去的青春
你的嘴唇开始暗淡,容颜光华转变
所幸内心仍然流淌着爱与美的汁液
还有纯洁的火焰在升腾
"好好与自己谈一场恋爱,给自己最深长的
　拥抱。"
爱情从来不曾诞生
全靠饱满的内心去创造
就这样,我们在情人节摘下草莓
同时也采撷到了光芒四射的自己

七夕,我骑着驴子去看你

这样特别的日子,我是一定要去看你的
我不给你发微信,也不打电话
那匹小青驴已经在紫薇树下等了好久
好啦,现在出发,一路上有许多野花
我大声叫出它们的名字:朝颜、荆花、风铃草、
　麦瓶草和波斯菊
黄昏了,就住在鸟巢里,喜鹊的窝里不时掉进
　三滴露水
夜半时有一颗星子坠落在我怀里,打碎了我的
　清梦
我就要这样寂静与缓慢
像一缕有缘的清风寻找那无缘的白云
像一个宋代书生,爱着一个可有可无的人
比如把花朵放在田野里,让清风带走它的香气
把星光一起捧上,直到你的眼睛开始明亮
现在我已经到了你的院子里,向满院的荷花
　问好、致意

也许你不在家,那就坐在池塘边看看荷花
顺手倒出你放在青藤架下的红茶
台阶上的青苔慢慢顺着石缝爬上来
天亮了,我拂去头发上的落花
把驴系在你手栽的翠竹上
顺着来时的小路,慢慢地走回家

闪电在窗户上一次次亮起

热得要爆炸了,就差点一把火
我站在窗边等你,狂乱的风暴在身体深处孕育

天突然黑下来,一阵风从大地的胸腔横扫而过
好像我心里漫过的忧郁、挂念,无法说出的话语
被风举起来,又狠狠地摔在楼群里
闪电在窗户上一次次亮起
仿佛我心里的暗伤被打开又合上
急雨如绳索一般鞭挞着夏天
我体内暗藏着锋刃
总在一层层锈蚀时,经受磨砺
在这一个人的雨夜,享受这寂寞的刀锋一下下地
　切割皮肤

你终究是一滴随着夏雨落下的水滴
是一道暗藏的疤痕,是快熄灭的闪电
在一次次照亮我的同时,把我推入更加黑暗的虚无

你就藏在我的身体里

你就藏在我的身体里
你这霸道的人
从那天起就要我一直带着你
你让我带着你的鞋子
装进清晨的露水
你让我带着你的手
把我看到的所有花朵抚摸

嗯,我带着你呵
就像怀着一个胎儿
身体有时轻盈,有时沉重
脸色有时艳如桃花,有时冷若冰霜
你这任性的人
我总有厌烦你的那一天

这样的五月,我身体里好像有野火
有人差一点儿就看到你
我悄悄把你往裙子里移了移

如果我思念你

如果我思念你,我就先思念池塘
那个夜晚
我们并肩坐在蛙声里
荷香一会儿掀起我的裙子,一会儿
　撩起你的长袍
心跳,小南风里跃上柳树
又咚的一声掉进池塘
万物突然静默
月亮也暗下来
你左手捏着那朵我摘下来的花
右手打落了我手里的诗集
月亮钻出云层
荷叶后的青蛙一声接一声
——一年已经过去
如果我思念你
我就先思念那池塘边的寂静

六月的最后一天

风替我关上窗户
屋子里的灯笼依次被点亮
一只斑鸠把巢筑在窗外的树枝上
此刻鸟儿在绿叶间安眠
我愿一生都这样:
树林安静地长在院子外面
院子里花开了又谢
灯下的书有你的气息
你胖胖的手和木瓜一样散发经久的香气
我把香气抱在怀里
我把木瓜含在嘴里
我已经品尝到生活的甜蜜
我最后看一眼沉睡的青山
不再对世界奢求任何一缕白云
甚至我和风一样在树梢上游逛
既不思索,也不想念
任时光像流水一样漫过床和书桌
而窗外的寂静如同观音菩萨在沉睡

我更爱植物了

露水让荆花的香更广大了
葡萄在六月也莫名地转紫
我想着你的名字时
就凝神注视满山的绿
芦苇被风灌满了呜咽
山上的栎树冒起了白雾
从那一时刻起
我的眼里和心里全是雨水
甚至我的身体也只是一滴雨珠
我随着风的手指滚动
在那最缓慢与寂静的地方总是能找到你
你有时候化身成娑罗树站在永泰寺大雄宝殿前
或者只是草尖上的露珠
只需轻轻一碰
我和你就化为一泓清泉
流出山谷

倒　影

那时候还是夏天

山间溪水不停地奔流

走在水云居的湖水边

只看到你眼睛里的我

又小又透明

那些倒映在水里的树和白云

那群养在湖里下蛋的鹅

到底有没有呢

此刻我又回到水云居

湖水开始下降

落叶纷纷

我们坐过的石头上落满了灰尘

我在湖边慢慢地走着

但愿湖水全部干涸

这样我就看不到岸边槐树的倒影

也就忘记了自己的孤单

青山掉进墨汁一样的夜色里

花石村的桃园
终于沉寂下来
被摘光了桃子的树失落地站着
寂寞地等待明年的桃花

此刻已是黄昏
远方的青山在等一场挟带白露的风
我坐在你来过的桃园里
痴痴地想着
以为你还在那里
就像身后那越来越弱的光线

天边一双看不见的大手
正给天空一层层地涂色
从蓝到青,从明亮到暗淡
万物突然闭上了眼睛

青山掉进了墨汁一样的夜色里

就像你掉进我荒芜的身体里

一切静下来

走在黑暗里

这是美好的时刻
肩膀与肩膀偶尔相碰
心是暗红的桑葚
路边的河水有巨大的危险

黑夜包裹着你我
你拉着我的手是这样安心
葡萄蔓缠住了石榴枝

车灯像坠落的星子从身边飞过
事物陷入更深的黑里
只需轻轻一拉
我就跃上光明

当我和你在一起

我喜欢我自己,当我和你在一起
我是母鸡,是雌鹿,是一切孕育过生命的动物
脾气更好,微笑更多
我喜欢你叫我果冻、冰酒、卡车和棉花
我喜欢你的头发、眼睛、屁股和长脖子
这些都是我制造出来的,并在你的身体上渐渐长大

我信任我自己,当我和你走在一起
我是月亮,是面包、青菜、西瓜和米饭
更加柔软,更加香甜
我喜欢你拥抱我,呼唤我,埋怨我
我喜欢你的声音、微笑、气息和梦呓
这些都是我遗传给你的,并长久地成为你和你的
　生命

我更加热爱自己,当我注视着你
我不要衰老、疾病、皱纹、色斑和更年期

我要腰肢柔软,眼睛明亮
我愿意你永远喜欢我,热爱我,需要我
我喜欢你内心柔软,善良热心,有时还有一点
 倔脾气
这都是我的缺点,现在终于也成了你的

你一定无法想象,做母亲的感觉——
那样耐心与幸福

空

你走后
这屋子突然大起来
床是大的
客厅是大的
阳台也是大的
猫和我来来去去
互不干涉
偶尔听到咚的一声
是风来访
我以为是你
刚刚从同学家回来敲门

其实一切都没有改变
只是你留下的背包、裙子,还有蛋卷和话梅
让这屋子有了完全不同的对称
你杏仁一样的气息,让这房子里的空
更加空洞

机　场

你挽着我
好像我是你的孩子
你嘱咐我要吃好饭睡好觉
好像我是你的女儿

我宁愿飞机没有起飞
最好航线停运
但安检却在催促
你缓缓地举起手

我这个慢慢老去的女人呵
不知道时间里有一双大手
把你和我的位置悄悄置换过
我在你的眼睛里
看到了自然的命运

祖母睡在棉花地里

这些年
你睡在大地上
睡在玉米地里,睡在花生地里
今天我看望你时
你睡在棉花地里
就像睡在广阔的雪里
那消逝了的凉的记忆
我攥紧棉花靠向你
你的身子还像棉花那样暖
我扑上去就陷进了童年的时光里
你把棉花一层一层地覆在我身上
怕我凉着
你哪里知道时间的雪漫无边际
我已经被埋葬了好多次
就只差一层黄土
我就要和你睡在一起

此刻

我坐在棉花地里

感觉大地正在下陷

我和棉花一起抓住潮湿的土地

我已经看不清自己的脸与泪水

油菜花上的露珠高过泪水

母亲的身体比春风还轻
你抱着她
像抱着消逝的春天

这是一个漫长的夜晚
有人说月亮正在隐去
油菜花上的露珠高过泪水

从前都是母亲带你回家
今夜你带着她回城隍庙
她一直住在那里,庙前有两棵柳树

这个夜晚不会结束
大地还没有变成一张松软的床
你一直担心会硌疼母亲

来到你的坟前

又一年过去了
我又一次靠近你
你睡在青色的麦田里
油菜花是一座座黄色芬芳的岛屿
我想我应该悲伤
但麦子的味道、油菜花的颜色
让我一阵阵愉快起来
你一定愿意看到微笑的我吧

接受采访的母亲

八十五岁的母亲
第一次接受采访
她认真地盯着地面,头上的白发雪一样覆盖着
"你记忆最深刻的灾荒是什么?
洪水、蝗虫、战争?"
母亲仰起了脸(她的皱纹真多呀)
几十年的痛苦压矮了她
"饿,一直都饿。"

荒草一阵颤抖
也许是秋风吹过了它

坟　墓

挖掘机强行打开大地
等于在大地身上挖出一个伤口

等于向一个人内心射入子弹
这子弹再也无法取出

等于这麦田多了一只眼睛
眼泪与夏天的雨水混在一起

等于在任何时候
给亲人们内心留下一孔空洞的窑洞

想念一次就塌方一次

饿

我又变成了一个不足一岁的婴儿
我饿,我急切地到处找咪咪
奶奶撩开她的衣衫
她的乳房是个软布袋,挂在瘦胸膛上
乳头是颗紫桑葚,甜还有点汗酸味
我吮吸着,不满足地哭着

奶奶拉过家里的山羊
它有着粉红饱满的乳房
它顺从地卧在草地上,嘴角嚼着白沫
我抱着这对粉红的乳房,贪婪地吮
最后,我甜蜜地和山羊睡在一起

"孩子,你还饿吗?"
它站在我的床头,嘴里衔着一把带着露水的青草

我被惊醒

梦里奶奶还牵着这只山羊

它看着陌生的我,有些慌乱

它把那把有露水的青草,放在我的枕头上

我又重新失去了你

我走在月亮下，我一个人
仿佛从来都是孤单的，这是真的
我在城市里游荡了许久，这时我想起了你
我刚刚举起手，门就开了
你从床上跳起来，和我紧紧拥抱
你还是那样瘦，身子还散发着秋天的暖意
窗口射进来的月光乌蓝，一切沉浸在噩梦里
我倾听着，仿佛我们未失散过
仿佛我在你面前从未做过儿童
"我现在最最快乐，也有许多人爱我，你放心吧，
　奶奶。"
你点头又摇头，你可能看出了破绽
这时，月亮开始飞快地落下
梦醒了，胳膊上有你留下的体温，你和月光一起
　消散
我又重新失去了你
我躺在暧昧的早晨失声痛哭

死亡能带走你吗

这几天我一直在想这个问题
在梦里,一列火车已经带走了你
你穿着黑衣服,你已经死去
所有的人都在大声哭泣,只有我呆呆的
我不相信,我活在没有你的世界上

到时候,这个世界还能这样明亮吗?还有
还会有比爱情还美好绵长的水流、比亲人的手
　还要温暖的火炉吗
还有你悄悄写下的诗句:
"死亡就是熄灭,是沉没,是消失。"
不,死亡是一个圆,你和我都在其中轮回
你的手臂消失了,也许春天时院子里会长出
　一棵女贞树
你的声音消失了,你的诗歌却在原野上奔涌
死亡结束不了你和世界的关系
天空的晚霞有金色的边缘,一只鸟飞过去

夜晚就开始改变

一个婴儿清澈的眼睛正在微笑

芒种时池塘里开了今夏第一朵白莲

死亡结束不了

到时候,这世界还会有流经梦里的河流

高过天空的白云,仍然停留在青山的肩头

你仍然在这个世界上,只不过换了肉身

你可能是树叶上缓慢爬行的七星瓢虫

是跟在我身后不远不近的猫

是异乡的路口提着马灯等我的人

我们仍然会重逢,会因为一个眼神而认出彼此

在拐弯的地方,死亡停下来翻了翻我们的衣襟

第五辑

离神仙更近一些的事物

山　花

山里的花

有种莫名的光泽

就像隐居在深山里的人，眼睛里

　有种清澈而疏离的光芒

　——离神仙更近一些的事物

都长这个样子吧

进　山

过一阵子
就要进一次山
就像害了相思病
等到远远望见那一抹缥缈的蓝色
我的心就跳起来
身子也轻了许多

山　巅

"那是潼关,
过了这道梁是商洛。"
只是站得高了两千四百米
大地上的事物就渺小了
我到远方的距离
似乎也就一步之遥

山神庙

山神、关公和观世音
并坐在小小的山神庙里
一只流浪猫
枕着香炉睡着了
雀鹰叫起来
世界动了一下
复又安静

猫

陪伴我十年的猫

有自由主义的脾气

你让它向东

它偏要向西

有时还露出尖尖的牙齿

反对我的手指

我尊重它

并祝福新岁里的自己

也能长出这样的牙齿

蜜　蜂

也许是为那一丛雏菊
也许是为蜜香的茶
也许是为久违的笑声
反正它飞来了
在菊花上短暂停留后
落在我手上
搓搓手脚
它竟然放心地睡着了
这小小的信任让我感动
我庄严地屏住呼吸
让蜜蜂的秋梦更安静一些

我和猫看闪电

猫从我腿上下来跑向门口
外面突然有巨大的响动
风带着一万匹马
奔过来
树叶都飞起来又摔下去
闪电曲折地劈开春天
充满渴意的小院里
朱顶红、绣球、铜钱草、百合
都对着暴雨欢呼着
它们准确地找到了初夏的嘴唇
我和猫久久站在门口
充满敬意地注视着夏天粗暴的样子
猫跳起来
去捉那道落在院子里的闪电

丝瓜救了丝瓜

一棵野生的丝瓜苗

偷偷在小院安了家

第一次发现它

它已经手脚麻利地爬上了架

第二次准备除掉它

它悄悄从嘴里吐出一枝花

第三次下决心要薅掉它

抬头却发现它结了根大丝瓜

这……好吧,就当亲生的养着吧

就像女儿背着我嫁了人

背着个小婴儿回来见妈

生米做成熟饭啦

那就这样吧

丝瓜呀丝瓜

你救了丝瓜

想

外出回到家
丝瓜花在院子里吹喇叭
大白猫在窗口冲我喵喵叫
小椿树静静站着
在风里朝我摇摇绿手掌:
"看,我又长个子了!"
哎呀,不是我想家了
是它们全都想我啦

故乡的味道

一种庄稼被晒过之后的味道

祖母的唾沫抹在我腿上被蚊子叮的包上的味道

槐树营黄昏牛铃铛的味道

井壁上青苔开出小花的味道

院子里蛐蛐叫的味道

大风吹过院子叶子飞起来的味道

五更时祖母的铜烟袋磕在床沿上震起灰尘的味道

清晨上学路上新鲜牛粪的味道

花椒叶子切碎撒在面饼上的味道

香椿树上花豆娘展开翅膀的味道

有一天我在太阳下跑了半天

出了满身的汗

我闻到了这些味道

原来我身体里装满了故乡

在五十年中

慢慢发酵

一个人躺在黄昏

躺下来,躺在五月的风里
金星已经升起
杨树被黄昏的手画出剪影
风一阵阵穿过自己

躺下来,世界完全变了样子
乌蓝的天空像颤抖的丝绸
向万物覆盖下来
一只蝙蝠忽地砸过来
幽蓝的黄昏发出古池一样的清响

我是古池里的青蛙
我看到长椅上躺着的自己
像个被抛弃的孤儿
也像一个睡着的佛

春　山

山上的树还没有绿

却柔软起来

风让它们向着一边倒去

一只猛兽

蹲伏在那里

山峰从来没有这样鲜活过

好像随时要站起来

向着平原冲下去

村庄已经意识到这种危险

放出早开的梨花

惘惘地等待着

一个巨大的怪物触摸

日　出

日出前
天庭充满隆隆的声响
那声音先是绯红
（仙女们先出来跳了一段舞蹈）
然后是橙红
（玉皇大帝的马车启程了）
现在是放烟火的时刻
噼里啪啦
所有的云朵都在爆炸
威严的老虎在低吼
最后在震耳欲聋的鼓声里
荒漠里的太阳从地平线上显形
冷漠的眼睛
突然有了光芒
万物重新出生
云朵消失，朝霞褪色
永远孤独的太阳

它统治宇宙
在寂静的光芒里将羽毛收敛

之后，我无法再听到什么
只是向着那一团颤抖的光焰
微眯着眼睛

俯身向一朵花

俯身向一朵花的时候

必须得微笑

还得用水清洗眼睛

和双手

然后缩小,最好缩得像蚂蚁一样小

不至于惊扰到——

一朵正在开的花

勇敢地逼近它

直到最深处——它的宫殿

宫殿里的神灵

此刻

自己与花

化为乌有

风和雪

这世界不为我们准备道路
可你有柔软之手,推动
你涉水而行
我什么也不想,只俯身向你
相遇,来自对万物的好奇
明亮的夜晚
是你和我的光芒
让万物变白,它们变大
进入梦幻,成为泡影
为了你最终成为港口
我的虚幻,你全部的火

一枚石榴救了我

一个月不落雨的秋天
疲倦、干燥、灰暗的秋天

我把自己关进屋里
每天与书本、青菜和几杯毛尖
过往甚密

人世呵,浊流汹涌
我必须深深呼吸
咬紧牙关,才能
不哭出声

一枚石榴俯视我,露出粉红牙齿
它甘愿献身

我学习它的样子,咧开了嘴角
没有人知道,一枚石榴救了我

躺在月亮下的人

月亮与杨树梢
在风里捉着迷藏
你跑前一点,世界就明亮
你躲后一些,我就在阴影里

一个人躺在河边的木椅上
世界只剩下月亮与杨树
有这两样东西就足够了
宁静已经把心上的褶皱抚平

我遇见我自己

这个四月,我在大楼的后院里
似乎第一次,遇见自己
青葱的自己,血液像河流一样奔腾的自己
深夜的月亮驰过马路,启明星陪伴着我睡去
顺着踩上去嘎吱作响的木地板
一群群闪着光芒的文字滚下楼梯

那年龄比我更老的报纸
在我之前和在我之后
永远如早晨的阳光一样明亮年轻
我熟知它们的温度与每个字的走向
时间的谷仓,饱满的秋日
每一个人手中都捧过落日

这个春天
我看见初来的山谷以及
半生之前那汤汤东流的黄河

这个四月,我不停地与自己迎面遇见
我不比往昔任何时候轻松

那个我,我从来没有见过
我专心地在花园里
和一朵花度过悠长的黄昏

苹果花谣

苹果花,苹果花
你是不是苹果的鸟巢
苹果都藏在你的窝里
等着太阳来孵化

苹果花,苹果花
你是不是一个害羞的人
总站在叶子的身后
像一个低下身子的小母亲

苹果花,苹果花
你是不是我远嫁的小姐姐
你爱了别人也不忘记照顾家人
风的鞭子打在身上,轻轻又轻轻

苹果花,苹果花
花萎了,就捧出一个小小的青苹果

果实被秋天摘走

你也就圆满了

这样得重复多少年

只为月圆的一瞬

原　谅
——仿金子美铃一首

神灵住在花朵里

花朵住在院子里

院子住在祖母的怀里

祖母住在我的肚子里

我住在这个破败的春天里

春天暂时住在这个叫柳林的小区里

小区住在一个叫郑州的城市里

郑州住在中国的心脏里

中国住在地球的东半部

地球住在神灵的怀抱里

神灵住在一朵花里

看到这一切的我

原谅了世界上所有的扭曲

坐 禅

香板嗒的一声
禅堂静下来了
窗外布谷鸟的声音一声一声掉进山谷
白云从窗口进入我的身体
我的脑袋又涨又软——
一阵风吹来了
我的肉体随之解体
好像一棵杉树跳进
飘浮着的身体
——一瞬间
我被万杉寺的寂静分解了
一只鸟托着我
时间的大门紧闭
我成为一个泡沫
一粒盐
禅堂门边的一块石头……
宇宙涌入
光芒动人

风　声

去崤山路上的风

从梧桐树枝上落下来

突然又跳起来

整座城市都颤抖了

芦苇、女贞、红桦和白杨

依次向寒冷俯首

当它涉过黄河时

天鹅紧紧地抱住自己的翅膀

我在风里念经

陷入对一场雪的幻想

并准备接受

那越过秦岭而来的越来越近的风霜

山　泉

雨把山泉唤醒了

它从叶子上跳下来

从山坡上跑下来

从蜗牛身上滚下来

它决心要奔到山的外面

大石头也不能阻挡

野芝麻花也不能

甚至那群坐在山下的村庄也不能

好像远方有一个爱着它的人

久久等待着它

多美好呵，我也想做个有约会的人

绣球花

再悲伤的人看见你也要微笑
你那样圆满、温柔
生活没有任何缺口
过于美好的生活
好像都有点虚假
我这个内心有阴影的人
被满院子的绣球花怜悯

所有的事物都在闪光

我一进左云,就发现大地在闪光
白云在天上闪着光
羊群在石头上闪着光
花朵在草原上闪着光
莜麦在原野上闪着光
河水在古道边闪着光
经幡在寺院的杏树上闪着光
土长城在山岭上闪着光
森林在阳光下闪着光
我也闪着光
好像我是琉璃做成的
反射着所有事物的光芒

去寺院看花

如果不曾见过寺院的黄昏
你也许会喜欢上早晨落在菩萨身上的第一缕光
但暮色此刻开始清洗香客们留下的苹果和大米
天光从大雄宝殿屋脊上收拢翅膀
娑罗树小心地藏起自己的影子

如果不曾听到禅房里的箫声
你一定不会明白寂灭是灰蓝色的，像此刻树梢
　　归巢的鸟的翅膀
箫声铺满了方砖、青苔、古碑和元代的瓦松
娑罗树叶子颤抖着，好像它听懂了吹箫人的寂寞
窗口的灯光流出来了，月亮呀的一声升到树梢

如果你没有看到月光下的娑罗花
你不会明白欢喜是无声的，就像月光沾上了花粉
大明寺的娑罗花比白雪还要洁净，比菩萨的手掌
　　还要热

落下第一层时是轻霜,第二层时是晚雪
最后这一朵,是木鱼嘴角的微笑渐渐冷却

如果你是我
你会让灵魂飞出来,在黄昏的寺院里停留
而寂静和欢喜
重新采撷到了我

在这首诗里我又抚摸到了它们

看看这院子,好大
风迈着猫步在院子里走来走去
石楠做的篱笆墙正在发芽
白玉兰的花瓣簌簌地落在草地上
红叶李柔软的花瓣用力地伸向天空
鸟声漫过来了,泉水一样浇灌着我空空的身体
我坐在这花香浩荡的院子里,我的身体也想长
　　出点什么来
整整一个下午,一无所获
我变成一个巨大的空瓶子
装满了春天赠予的花香
醉汉一样把自己搬运到路上
满院子的花微笑着向我挥手
只有三分钟,我就看不到它们了
如今在这首诗里我又抚摸到了它们
绸缎一样的小身子

我是那个永远等待圆满的人

嵩山的月亮,如雪如银
照耀过的事物都可以流动起来了
山谷里的我也顺流而下,像草漂浮在溪水里
法王寺梦境一样降临
月亮照耀过的都是新的

那个我爱过的人也是从虚无中降生
我是那个永远等待圆满的人,相信永远不可能
  到来的爱情
我也是那个时刻准备跌入黑暗的人,知道死亡
  随时降临
此刻,我只爱这无瑕的月亮
就像法王寺里的古柏,在月光下回味
它在梦里吻过的白云

夏天的铠甲已经开裂脱落

在那场气势宏大的雨中,我分明听到一声如裂帛
夏天被撕下一小角,有微风悄悄地灌进来

秋天的衣袖真宽大呀
随后麦冬丛和柳树根的蟋蟀开始鸣唱
我走在立秋后第五天的雨里,皮肤柔软了许多
好像我刚刚脱下一层又厚又硬的壳
这会儿我是个新人
路上竹子拉了我一下,它说,听听这雨声
蹲下的时候,我碰上了夏天那热烘烘的尾巴
它呼出了最后一口热气

就在这时,我看见万物从蝉蜕里挣扎着逃出
夏天的铠甲已经开裂脱落

蝉声像雨一样灌满我的身体

寂静的夏天早晨

太阳的金针正在雕刻那最先成熟的谷穗

蝉端坐在杨树梢开始歌唱

不能再等待了,已经在黑暗里等待了七年

那生铁一样的寂静与黑暗呵,你以为那就是命运

现在请蝉女士谈谈自己的生活

——怎样战胜黑暗,怎样获得耐心与安静

——如何把一棵平庸的杨树

变成诵圣诗的教堂

我端坐在窗帘后边

蝉声像雨一样灌满我的身体

那溢出来的雨珠

它们坠入黎明时

比星子坠落还要宁静

看见新月轰鸣着坠落

我一边走,一边担心
月牙儿太细了,好像有一阵风就可以吹得没影
五百里太行山此刻是我们三个人的
纳兰、霍楠楠和我
山里的槐花晚来了一步,和四月初六的月光一样
　　银白
竹林里有轻轻的响声,是月亮上掉落的银子
这个夜晚
天空被这弯柔媚的月牙儿弄得心乱
我们穿过树林、青山和一棵巨大的合欢
月牙儿在树梢等了我们一小会儿
我们每个人拖着三个梦境
云朵、萤火虫和水面上的落花
月光咬住了我们的脚后跟
这使我们如同走在波浪上一样起伏不定
就在我说"这样的新月,我忍不住想摘下它杀
　　一个人"时

月牙儿像被一颗沉重的星斗拖着

轰鸣着加速坠落

仿佛它要到大地深处,和等待它的人会合

夏雨使大地抬高三尺

一周的夏雨,田野做了一个长梦
黄豆、玉米、芝麻、花生都开始打起了哈欠
天空收拾完最后的云朵
植物们微笑着起身

就在蚂蚁眨眼之间,一切已经改变
发光的事物纷纷归位,嫩芽们小心绕过麦茬
坐到向南的田埂上去了,水和阳光都明亮
它们最想做的,就是不停地吃不停地喝
在月光下把手臂伸得又长又直

我坐在田野边,无法控制地打开自己
我发现自己有着宽阔的胸怀,每一棵庄稼都叫
　我的乳名
大地在脚下抬高了三尺
只比我的梦境低了一寸

乌崇的茶

它们随着马队住了下来
住在海拔近一千四百米的乌崇村

青苔趴在石头上睡觉
湖水躺在山脚打盹儿
白云被山风吹起裙角

乌崇回答着皇帝的问话
自己住在露珠与白云交界的地方
一个叫郭纳的人骑马寻来,她面颊红润

通天香,雷打柴,城门,兄弟
茶们在村里安静地等你
晒青,凉青,摇青,碰青,杀青,揉捻,烘焙
茶交出上天赐予的琼浆

你把乌崇带回来了

白云在衣衫上发着光
你身上有青苔和草木的幽香

我一次又一次地来
为了感受你和茶的好意

玉兰花

高举吧,你这春天的酒杯

别对春风那样自信

喝一口山楂花酿的酒

再和我谈论鸟鸣、柳眉和欢呼的斑鸠

天上有没有这样美的白酒杯

但你不会透露

我看见满枝都是扇动的白翅膀

喝醉了的春天正在飞

大地正带着满身的花朵为之倾倒

河流携带着两岸的青山飞奔

我站在玉兰树下

慢慢地扫拢这一地的碎银

春天的身体是巨大的鸟巢

春天藏身在鸟声里
身体膨胀,腰肢松软
如同临产的女人微笑着

鸟在女人的身体里做巢
鸟在女人的子宫里鸣叫
鸟在女人的心脏里飞翔

女人的肚子越来越圆
女人的腿脚越来越沉
女人孕育了古老的宇宙

鸟声灌进嘴巴又凉又甜
鸟声喝进肚子又轻又暖
鸟声流入尘世又高又远

我被一万声鸟鸣击中
我幸福地倒在密林里
在寂静中死去

我接过秋天忘记的桂花

再有几天就立冬了
月光的冷箭零乱地射向黑夜
树叶在枝头观望着
随时准备坠落

秋天走得过于慌张
花园里的桂花兀自开着
蟋蟀们嚯的一声钻进落叶里
寂寞的露水也化成白霜
星星落了一地
把遗忘的夏天重新想起

我接过秋天忘记的桂花
在立冬前
继续做萧瑟的甜梦

把幸福放在微小的桂花上

院子里的桂花落了
山里的桂花还在开着
我闻到这熟悉的香甜
感动得想掉泪

不用饮酒、唱歌、恋爱
只需要静静地嗅着你的香
清澈的秋阳停在花瓣上
一只蝴蝶误把你当成春天

我把幸福折得小小的
放在桂花的花瓣上
任谁也无法剥夺

草　色

把所有的绿色都集合进来还不够

草在七月里

疯狂地吸取绿

把自己的绿裙子借给它们算了

把内心那四溢的青分给它们吧

我干脆在下过雨的夜里

躺在草地上

月光也是淡绿色的

一只斑鸠在草丛里走来走去

差一点儿就踩在我的头发上

我的头发也变成绿色了吧

像荇菜一样散在水里

斑鸠啄啄我的手指

把我当成了绿色的果实

小　满

它们说来就来了
从雨水里和土地深处
沿着麦穗向上爬
现在已经变成乳状
大地的乳汁
一寸寸灌满毛孔
所有植物都开始怀孕了
小小的乳房开始鼓胀

刚刚好
如果再向前一步
就要临盆

以此封缄

我刚刚在这块青色的石头上蹲下
它们就飞来了
把我的嘴巴当成了花瓣
小小的带有毛刺的脚
紧紧地抓住我的嘴唇
好像彩色的封条
以此封缄

现在我告诉你吧
那是两只咬在一起的蜻蜓
好像有一种神秘的力量将它们粘在一起
它们一起展翅,一起飞行
好像成了一个人

在黄楝树林场
我看到了蜻蜓的秘密爱情
它们合伙封住我的嘴巴
让我不要出声

空 山

早晨五点

神灵把黛青的山交给独自散步的我

我把鸟鸣和露珠捧在手里

把飞龙洞和大宗潭瀑布捧在手里

把竹林和清泉捧在手里

我走得那样慢

担心将露珠碰落

忧虑鸟儿飞走

希望白云落下

在一棵非洲菊上

我发现花天牛比我还要从容

我看见青色蛾子干脆伪装成一片树叶

睡在草地上

七星瓢虫停在草尖

在思索那个晨光里走来的女人

心脏跳动的声音比牛叫还响亮

最后

我把豫西大峡谷交给东边上升的云霞

转身走入虚空

与散文一起蓬勃生长的诗人

邓万鹏

多年以来,青青在工作之余写出了数量和质量皆可观的散文,她出版的《落红记——萧红的青春往事》和《访寺记——走近红尘中的隐士》为她赢得了不少的读者和不小的名声。凡是读过她的作品的人,无不为她女性特有的敏感和诗质的语言所感动,并且她的作品也得到了不少文学界名流的注意和好评。她的散文已然长成令人瞩目的大树了,郁郁葱葱,长势喜人。印象中她似乎也写诗,偶尔见诸报端。我曾私下猜想,诗歌对散文家青青而言,或许只是创作散文之余的偶然为之。直到有一天她一下子拿出成百首诗歌给我看,说要编一部诗集,希望我能为她写篇评论,我这才有机会集中地阅读她数量如此可观的诗歌,这使我看到了另外一个青青,一个与她的散文一起蓬勃生长的诗人,一个被她的散文创作遮蔽光芒的诗人青青。她的这些诗正如她自己说的:我爱上了寂静而微小的事物,我自己也开始变得寂静微小。与那些站在高处的人相比,我看到更多这个世界的美,这些美好的事物纠集在我心口,我必须写下它们,于是就有了这些诗。青青对诗歌的虚心表明她对诗歌创作的虔敬谨慎和热爱,或许很早她就开始写诗了。

　　陆续读完这百余首诗,我看到一个不为更多人所知的诗人青青是一位大自然的女儿,已然参透了大自然的奥秘。她的每一首诗几乎都与大自然有着密不可分的血缘关系,大地上的花开花落,寒来暑往,风云雨雪,溪流飞瀑,植物昆虫,无不成为诗人观照和抒写的对象。令人欣喜和震惊的是,诗人通过自然万物找到了与人的内心世界的对应,这也暗合了诗歌巨擘艾略特的"客观对应物"理论。是的,青青正是在参透自然事物的奥秘之后才写下她的一首首精心之作的。毫无疑问,这就使她的这些诗作超出了普通意义上的对风花雪月的低吟浅唱,使她的作品具备了饱含现代意义的人文精神。诗人以一首首新颖明快的诗确立了自己的诗人形象。

　　细读这些诗作,如同面对五月雨后一望无际的麦田,细数着一根根正在灌浆的麦穗,是那样整齐、饱满。雨水正好,阳光正好,长势正好。无论是《看见新月轰鸣着坠落》所带来的惊心动魄,还是《山花》的灵动轻盈,无不显现出诗人那种与生俱来的特有敏感和人与自然之间的神秘关系。现代生活节奏的加快和科技的疯狂发展以及世相的纷乱正以前所未有的残酷逼向每一个个体生命,让每一颗善良的心倍感孤独和困惑。诗人当然比普通人更早更敏锐地感受到了这迎面逼近的一切,作为诗人尤其是女性诗人的青青更是如此。读青青的诗,还让我感到她是一个内心充满博大之爱的人,一个内心装满风暴的人,一个善于思考并不停地寻找答案的人。读《春天的身体是巨大的鸟巢》《青山掉进墨汁一样的夜色里》《草色》,让我看到困惑与焦虑是怎样围困着一颗多情敏感的心灵的,只要诗人一来到大自然面前,一切就会被化解,青青从自然万物中找到了答案,找到了一条通往光明的开阔通道,找到了普遍的良药和唯一的导师。总之,青青的诗中充满了生长的东西,较之一般诗人的作品,可以说她的诗是会呼吸的诗,是有体温的诗,是活的诗。这无疑让我们看到一个对人间充满大爱、一个拥有敏锐潜质和良好前景的诗人,这不能不使我们对她的诗歌写作增加一份格外的期待。

　　写诗是一生的事，诗歌像一座越爬越高的山，越往上爬就越艰难。尤其是近几十年来，诗坛出现了历史上少有的繁荣，同时也增加了诗歌创作的难度，对诗歌创作提出更多更具体的要求，即现代诗歌自身的要求。在这诸多要求中首先是对语言的要求。布罗茨基认为，在所有文学写作中，诗歌是最高级的写作，诗歌语言是语言的最高形式。而诗的魔法，诗的神秘，诗的迷人之处，很大程度也都反映在语言上。要使自己的诗歌真正得到认可，无论是诗歌语言的锤炼上，还是诗歌内容的承载上，都有很长一段路要走。青青的诗歌写作恰恰是在这样一个前所未有的诗坛大背景下起步的，这也考验着她诗歌写作的决心和耐力。

　　但不要忘了，青青毕竟是以散文写作起家的。如果青青仅仅是一般的散文写作者，我也不会产生这样的担心：她在散文写作与诗歌写作之间如何分配时间和精力？如果青青不写诗，或者她的诗歌没有表现出天然良好的素质，我也不会产生这样的疑问：她给自己的身份定位首先是优秀散文家还是出色诗人？不久前她出版并获得第二届杜甫文学奖的《落红记——萧红的青春往事》和获得孙犁散文奖的其他散文作品，以及她的散文目前在读者中获得的种种良好反馈，似乎更加重了我的这种担心。当然这不止是我一个人看到和想到的。

我并不是非要把一个人的散文家身份和诗人身份截然分开，也不是说一个人写了散文就不能再去写诗，青青会自己选择和考虑，这是她的权利。但对于青青这样的散文家，她的散文和诗歌竞相生长和互相争夺天空的态势，我为其高兴的同时考虑的也就多了一些。纵观中外诗人，诗歌散文均为上乘之作者如帕斯捷尔纳克、博尔赫斯，虽有但毕竟凤毛麟角。不知有多少世界一流作家都是散文和诗歌创作双管齐下，结果其散文（小说也被看作散文）确实一流，而诗歌却始终难以超越散文。《追忆逝水年华》的作者普鲁斯特如此，以性爱小说闻名于世的劳伦斯如此，《洛丽塔》的作者纳博科夫亦如此。因小说《德里纳河上的桥》获得诺贝尔文学奖的作家安德里奇平时也写了不少诗歌，但他生前一首也没发表。我想是不是因为他对自己的诗歌没有太多信心？因为诗歌与散文毕竟是两个行当，诗歌和散文的语言体系和思维方式截然不同，长时间的散文语言使用会对诗歌语言造成一种无形的损害。所以英国大作家哈代在六十岁以后干脆停止了小说写作，专门攻诗。他从六十岁到八十岁的二十年间写了三百多首诗，最终成为英国的重要诗人。

在这里我提出这样的问题，不是因为别的，实在是因为青青的诗确实已经表现出出手不凡的诗歌素质和潜质。我对青青的诗歌有理由抱有更高的期望，也许青青早已确立了自己的终极目标，但愿我的担心是多余的，不知青青本人是否以为然。

邓万鹏，当代著名诗人，出版多部诗集，曾获首届杜甫诗歌奖、莽原文学奖等。